滄海叢刊

大陸新時期文學：理論與批評
（1977-1989）

唐翼明 著

東大圖書公司 印行

國立中央圖書館出版品預行編目資料

大陸新時期文學(1977-1989)：理論與批評／唐翼明著. --初版. --臺北市：東大發行：三民總經銷，民84
面；　　公分. --（滄海叢刊）
ISBN 957-19-1768-0（精裝）
ISBN 957-19-1769-9（平裝）

1.中國文學-評論

820.7　　　　　　84002456

著作人　唐翼明
發行人　劉仲文
著作財產權人　東大圖書股份有限公司
臺北市復興北路三八六號
發行所　東大圖書股份有限公司
地　址／臺北市復興北路三八六號
郵　撥／〇一〇七一七五——〇號
印刷所　東大圖書股份有限公司
總經銷　三民書局股份有限公司
門市部　復北店／臺北市復興北路三八六號
[illegible]南店／臺北市重慶南路一段六十一號
初　版　中華民國八十四年[illegible]月
編　號　E 81075①
基本定價　肆[illegible]
行政院新聞局登記證局版臺業字第〇一九七號

ISBN 957-19-1768-0（精裝）

大陸新時期文學
編號 E81075①
東大圖書公司

目錄

第一章　導言

大陸自一九四九年中共建國以來四十餘年，大別之實不過兩個時期：毛澤東時期（一九四九—一九七六）與鄧小平時期（一九七七至現在）。大陸當代文學的發展也可以分爲這樣兩個大時期。本書的意圖是盡可能平實地、扼要地向台灣讀者介紹鄧小平時期大陸的文學理論與批評之概況。鄧小平時期（尤其指一九七七至一九八九年「六四」事件前）大陸文壇上通稱爲「新時期」，以別於毛澤東統治的時期，爲方便起見，本書亦從衆沿用此一名稱。至於毛澤東時期大陸文學理論及批評方面的情形，限於篇幅，只能從闕，而僅在第一章中略作介紹，以爲讀者閱讀本書之必要準備與參照。

所謂文學理論與批評，主要包括以下三個層面：

㈠對文學的本質與規律的認識，偏於學理性的研究與理論體系的建構；

㈡對文學及文學活動提出的思想主張，常與創作互相呼應、互相推動，形成一個時期的文學思潮；

㈢對具體作家、作品的介紹與批評，於其褒貶之中，往往可見一時文壇之好尙或禁忌。

本書介紹大陸新時期的文學理論與批評概況，將盡可能同時照顧到以上三個層面，而以第二層爲重點，蓋與實際發生的文學活動直接相關之理論與主張，往往最能顯示此一時期之文學與社會政治發展之關聯。

文學理論與政治的關係密切，在中國是有傳統的。儒家詩教所謂「溫柔敦厚」，所謂「興觀群怨」，所謂「思無邪」，皆莫不與政治教化有關。歷代有關文學理論方面的爭論，也往往與當時的政治風潮息息相通。而在中共統治下的大陸社會，文學與政治的關係在人爲的操縱下，更是表現出一種前所未有的病態的密切。大陸文壇過去有一句口頭禪，曰：「文藝是階級鬥爭的晴雨表。」文學理論自然就是這晴雨表上最敏感的部分。毛澤東四十年代在延安作了一次關於文藝問題的講話，此後幾十年內，凡與此講話的思路稍有違逆或不合的理論與主張，就不僅被視爲文藝上的異端，而且要在政治上加上反動的罪名而予以整肅。中共歷次政治運動幾乎無一例外地以文學理論的爭訟鳴鑼開道，演至文化大革命，政界權傾一時之顯要如江青、張春橋、姚文元輩，竟都是操弄文藝理論與批評的能手，也就是一種合乎邏輯的荒謬了。

因此，考察大陸的文學理論與批評，就不能不特別注意其與政治的病態密切關係這一特色，尤其考察毛澤東時期更是如此。

爲了說明新時期的文學理論與批評，有必要先簡略回顧一下毛時期的情形。

毛時期的大陸文學的發展通常分爲兩個階段。第一階段從一九四九年到一九六六年文革前夕，大陸文壇通稱爲「十七年」。第二階段則是文革的十年。

先說「十七年」。

考察「十七年」的文藝理論與批評，有如下幾點值得注意。

一是這個階段的文藝理論與批評受原蘇聯文藝理論與批評的影響極大。一方面突出強調文藝的社會功能，使文藝從屬於政治，要求文藝爲政治服務，沿襲、甚至發展了蘇聯共產黨領導文藝工作的一套做法。蘇共的一個領導人日丹諾夫曾經公開指令「文學領導同志和作家同志都以蘇維埃制度賴以生存的東西爲指針，即以政策爲指針」，「把思想戰線拉上，與我們工作底其它一切部分並列在一起」[1]。而在一九四九年七月中共召開的第一次文學藝術工作者代表大會上，當時位居要津的周揚也強調必須學習政策，「將政策作爲他觀察與描寫生活的立場、方法和觀點」❷其實就是日丹諾夫理論的翻版。這種觀念，在許多文藝界領導人的頭腦中，可謂根深蒂固。

二是毛澤東本人以其領袖兼導師的身分，對文藝理論與批評，施展了絕大的權威，將其理論主張變成不可觸犯的金科玉律，和指揮文藝運動的號令。他在戰爭年代所作的關於文藝問題的講話（即〈在延安文藝座談會上的講話〉，一九四二年五月）中曾提出許多重要主張與論點，例如「文藝必須從屬於政治」、「文藝必須為工農兵服務」、「生活是文學藝術的源泉」、「文學家藝術家必須到群衆中去，必須長期地無條件地全心全意地到工農兵群衆中去，到火熱的鬥爭中去」、「政治標準第一、藝術標準第二」、「沒有超階級的人性」、「沒有普遍的人類之愛」、「歌頌革命、暴露敵人」、「知識分子必須改造世界觀」等等，成為爾後中共制訂文藝政策的依據，同時也就成為大陸文藝理論與批評的基礎與準繩。五十年代以後，隨著中共最高領導層的不斷左轉，毛的這些論點更被一些正統理論家發揮到荒謬的極致，且化為文藝運動與政治鬥爭中打擊異己的殘酷武器。毛本人也往往親自出馬，以身作則，把文學藝術與維

❶日丹諾夫：〈關於《星》和《列寧格勒》兩雜誌的報告〉，見《蘇聯文學藝術問題》。

❷周揚：〈新的人民的文藝——在全國文藝工作者代表大會上關於解放區文藝運動的報告〉，見《中華全國文學藝術工作者代表大會紀念文集》。

護政權結合起來，借文學藝術作政治鬥爭的突破口。從〈應當重視電影《武訓傳》的討論〉（一九五一年五月）開始，他連續親自撰寫了〈關於紅樓夢研究的一封信〉（一九五四年十月）、〈關於胡風反革命集團材料的序言和按語〉（一九五五年五—六月）、〈關於文學藝術的兩個批示〉（一九六三年十二月及一九六四年六月）等文，不僅挑起文藝界一場又一場充滿刀光劍影的批判，而且多半隨之引發狂風暴雨式的政治運動，使成千上萬的作家、藝術家、學者受到殘酷的整肅。大陸文藝理論與批評同政治行爲的如此病態性的密切關連，不能不說與毛澤東個人的獨特思維方式與統治方式有關。

第三，與第二點相連的，是這十七年中，大陸文學藝術界處於接連不斷、一波又一波的批判、鬥爭、清算之中，人人自危、萬馬齊瘖，而文學理論與批評也就越來越左。中共建國不久，全國規模的批判資產階級思想運動便拉開了帷幕，先是對電影《武訓傳》的嚴厲批判，並由此引起批判「小資產階級創作傾向」，繼之是對俞平伯《紅樓夢研究》的批判及對胡適「唯心主義文學史觀」的清算。接踵而至的是一九五七年的「反右派」運動、一九五九年的「反右傾」運動和「反修」（即反蘇聯修正主義），在此政治形勢下，文藝界發動批判所謂「厚古薄今」、「拔白旗」，批判「中間人物論」等，階級鬥爭的火藥味愈來愈濃。即使如此，毛澤東在其〈兩個批示〉中還把「十七年」的整個文學藝術宣判爲：「基本上（不是一切人）不執行黨的政策」，「社會主義改造，在許多部門中，至今收效甚微」，「最近幾年，竟然跌到了修正主義的邊緣」。在這樣的政治高壓下，正常的、理性的文藝理論與批評已不能抬頭。

隨後是「文化大革命」的十年。

這十年的情形，舉世皆知，毋需多說，文藝理論與批評同各種創作一起，進入了封建文化專制主義的全面黑暗之中。「八億人民八個樣板戲」，而文藝理論與批評則只有江青等的「一家之言」。所謂「根本任務」論、「三突出」原則和「寫鬥走資派」（即「寫與走資派作鬥爭的題材」），是這「一家之言」的主要論點。

一九六六年二月，江青受林彪委託，在上海召開部隊文藝工作座談會，會後發表《紀要》，提出所謂「文藝黑線專政論」，聲稱：「這條黑線就是資產階級的文藝思想、現代修正主義的文藝思想和所謂三十年代的結合。」大舉討伐所謂「黑八論」，即：「寫眞實」論、「現實主義廣闊的道路」論、「現實主義的深化」論、「反題材決定」論、「中間人物」論、「反火藥味」論、「時代精神匯合」論、「離經叛道」論，力圖將文藝界掃蕩成一片「空白」，以開啓其「新紀元」。

《紀要》中提出的所謂文藝的「根本任務」，就是「要努力塑造工農兵的英雄人物」。這種人物的特徵是「高、大、全」（崇高、偉大、完美）。如何塑造這種人物呢？江青及其御用文人設計了一套被稱之爲「文藝憲法」的「三突出」原則，即是：「在所有人物中突出正面人物，在正面人物中突出英雄人物，在英雄人物中突出中心人物。」❸由此原則出發，又衍生出「三陪襯」、「多側面」、「多浪頭」、「多回合」、「多波瀾」、「多層次」和「起點高」等一整套「三字經」創作模式，可謂將教條主義、公式化和造神術推至極致。

大陸此一時文學理論與批評之「左」，可謂登峰造極。同時也就走入了絕境。正常的一般意義上的文學理論與批評已不復存在，剩下的只是粗暴的赤裸裸的政治批判與政治陰謀。

以上我嘗試對一九四九年至一九七六年毛澤東統治時期大陸的文學理論與批評之概況作了一個回顧，我希望這個極其簡略的回顧多少能幫助本書的讀者進入狀況，掌握一些背景資料，從而懂得大陸新時期的文學理論與批評是在怎樣一種基礎上起步的。

❸ 見〈努力塑造無產階級英雄人物的光輝形象〉，《紅旗》一九六九年第十一期。

第二章　艱難的起步

——掙脫枷鎖的努力

一九七六年九月，毛澤東去世，十月，江青、王洪文、張春橋、姚文元，即所謂「四人幫」，一夜之間，成了階下囚，長達十年的一場民族浩劫，總算到了頭。

然而瘡痍滿目，百廢待舉。更嚴重的是人們的頭腦長期爲極端專制的意識形態所禁錮，雖然大家都意識到一個舊的時代已經結束，卻並不懂得能否和怎樣去開創一個新的時期。「黎民於變時雍」，然而舉步維艱。文學界，尤其是理論與批評，自然不能例外。

一、從批判「文藝黑線專政」論到批判「文藝黑線」論

毛澤東去世後，華國鋒成爲執行「既定方針」的繼承人。接著，他與中共元老葉劍英等人聯手，擊敗了「四人幫」，被尊爲「英明領袖」，集黨政軍權於一身。華國鋒的治國綱領是「兩個凡是」，即：「凡是毛主席做出的決策，我們都堅決維護，凡是毛主席的指示，我們都始終不渝地遵循。」❶在這樣的氣候下，要想對建立在毛的教條的基礎上的中共文藝理論與政策進行任何改變的嘗試自然都是十分困難的。此所以江青的《部隊文藝工作座談會紀要》，由於同毛澤東對文藝問題的態度有關，竟然能夠在四人幫垮台後兩年之久的時間裡完全不受到觸動。直到鄧小平於一九七七年復出，並逐漸將權力從華國鋒手中移轉過來之後，這種情形才有了較大改變。

一九七七年底，《人民文學》編輯部於北京召開文學工作者座談會。會議的主旨是批判「文藝黑線專政」論。與會者認識到，「文藝黑線專政」論乃是林彪、江青一伙人用以殘害文藝工作者的政治刑具，是他們奪取領導大權的理論武器，必須否定。基於此種共識，曾被四人幫橫加罪名的大型音樂舞蹈史詩《東方紅》，長篇小說《創業史》、《紅旗譜》、《紅岩》、《青春之歌》、《劉志丹》、《上海的早晨》，歌劇《洪湖赤衛隊》、電影《林家舖子》、《早春二月》、《舞

❶ 見一九七七年二月七日《人民日報》、《紅旗》雜誌、《解放軍報》社論：〈學好文件抓住綱〉。

台姐妹》等均獲重新評價，一大批作家、藝術家恢復了名譽。

但是，這個時候「兩個凡是」還沒有受到批判，還像一道緊箍咒一樣，嚴重地束縛著人們的思想與心態。於是，文學理論界便出現這樣一種混亂的矛盾狀態：一方面批駁「文藝黑線專政」論，一方面維護「文藝黑線」論，即認爲文藝界雖然沒有「黑線專政」，但黑線還是存在的。所以不僅「文藝必須從屬於政治」、「文藝必須爲工農兵服務」之類的教條絲毫不能觸動，甚至連「黑八論」都不能翻案，有人還爭功說：「其實『黑八論』我們早就批過了。」在批判四人幫的同時，又批判「劉少奇修正主義路線」和「周揚文藝黑線」，極其荒唐地把四人幫的罪狀掛在「四條漢子」❷的名下。

鄧小平所支持的「實踐是檢驗眞理的唯一標準」的討論在一九七八年下半年展開。「實踐是檢驗眞理的唯一標準」的命題顯然是針對「兩個凡是」而來的，而這個命題從馬克思主義的立場來看，又顯然是無懈可擊的。它並且符合毛澤東的一貫提法，毛在其著名的《實踐論》一書中反反覆覆講的就是這一點。既然承認「實踐是檢驗眞理的唯一標準」，那麼，一切理論之是否能成立，都應視其實踐效果來加以檢定，包括毛自己說過的話在內，而「兩個凡是」

---

❷「四條漢子」是魯迅在一篇文章中對周揚、田漢、夏衍、陽翰笙的稱呼，「文革」中被用以對這四人以及與他們有關的人和事進行攻擊。

論卻認爲凡毛說的都對，都不能改變，也就是說不必經過實踐的檢驗，這顯然違背了「實踐是檢驗眞理的唯一標準」這個馬克思和毛澤東自己都認可的原則。經過這一場討論，「兩個凡是」論就不攻自破，立不住脚了。所以一九七八年下半年在全國理論界與知識界所進行的「實踐是檢驗眞理的唯一標準」，簡稱爲「眞理標準」的討論，是鄧小平與華國鋒在意識形態上的一次正面交鋒，是鄧小平路線開始壓倒華國鋒路線——沒有毛澤東的毛澤東路線——的重要轉捩點。這場討論在尙視毛的一切講話爲「最高指示」的年代，無疑是一種思想的解放，因而對文學理論與批評的發展也有很大的推動作用。《文藝報》在「堅持實踐第一，發揚藝術民主」專欄裡，及時發表了茅盾的〈作家如何理解實踐是檢驗眞理的唯一標準〉、巴金的〈要有個藝術民主的局面〉等文章，以實踐爲重的理性之光投入了文藝領域。一九七八年底，《文藝報》和《文學評論》編輯部召開文藝作品落實政策座談會。這是一次突破禁區、批判極左的重要會議。會議呼籲加快落實文藝政策的步伐，對歷次政治運動和文藝事件中受到錯誤處理的作家盡快予以平反和改正。與會人員以大量事實不僅進一步揭露了林彪、「四人幫」在「文化大革命」中殘害作家、扼殺作品，而且揭露了江青等早在「文化大革命」前就插手文藝界，製造多起冤案，並且還勇敢地提出：「『四人幫』的一切誣陷不實之詞要敢於全部推倒，我們自己批錯了的，也要堅決改正。」[3]自此，文藝批評的火力，即轉向「文藝黑線」論。而陸續爲以往受到整肅的作家和作品恢復名譽，也就實際上宣判了「文藝黑線」論的潰亡。

由批判「文藝黑線專政」論到否定「文藝黑線」的存在，進而徹底批判江青的《部隊文藝座談會紀要》、推翻毛的「兩個批示」，由清算文革十年中四人幫的「極左」路線在文藝上的種種劣跡，到反省前十七年已經開始的「左」的錯誤，大陸文藝理論與批評界完成了一個堪稱歷史性的轉折。這個轉折爲後來文學理論與批評的發展奠定了基礎。

二、《上海文學》評論員文章：〈爲文藝正名〉

釐清文學與政治的關係，是謀求文學自身健康發展的一大關鍵。前面已經說過，在大陸，文學與政治之間有一種病態的密切關係，這是戕害大陸文學，尤其是文學理論與批評的一個惡性腫瘤。這個腫瘤不切除，文學，尤其是文學理論與批評的發展與繁榮是沒有希望的。在否定了「文藝黑線」之後，大陸文學理論與批評界的注意力開始集中到這個關鍵性的問題上來。

❸《文藝報》一九七九年第一期報導：〈加快落實政策的步伐，徹底解放文藝的生產力——本刊和《文學評論》召開的文藝作品落實政策座談會簡記〉。

一九七九年三月，在《文藝報》編輯部召開的文藝理論批評工作座談會上，有過一番對文藝與政治關係的熱烈討論。四月，由上海作家協會主持的頗有影響的文學刊物《上海文學》發表了一篇評論員文章：〈爲文藝正名——駁「文藝是階級鬥爭的工具」說〉，由於挑戰了多年來不敢觸犯的命題，一時震動視聽。

文章中說：

> 「文藝是階級鬥爭的工具」這個提法，如果僅僅限制在指某一部分文藝作品（對象）所具有的某一種社會功能這個範圍內，那麼，它是合理的。如果把對象擴大，說全部文藝作品都是階級鬥爭的工具，說文藝作品的全部功能就是階級鬥爭的工具，那麼，原來合理就變成了歪理。
>
> ……「文藝是階級鬥爭的工具」說之所以必須糾正，因爲它將文藝與政治的關係說成唯一的、全部的關係，這樣的文藝觀，將導致文藝與政治的等同，因而是一種取消文藝的文藝觀，必須從理論上加以澄清。

文章還考察了文藝與生活的關係，從馬克思主義理論立場，指陳「工具論」的謬誤：

文藝與生活的關係應當是文藝首先的和基本的關係。只有把文藝與生活的關係做爲首先的和基本的關係來考察的文藝觀，才是唯物主義的文藝觀。而「文藝是階級鬥爭工具」說，要求文藝創作首先從思想政治路線出發，勢必導致「主題先行」，這樣就撇開了不以人的主觀意志爲轉移的客觀世界，把文藝與階級的慾望、意志的關係做爲首先的和基本的關係來考察，這樣的文藝觀實質上是唯心主義的文藝觀。

這篇文章立即激起了爭論。一些人不能接受對「工具說」這一神聖信條的否定，堅持認爲「文藝是階級鬥爭的工具」是科學的口號，也有人認爲，應該肯定「文藝是階級鬥爭的工具」說的歷史作用，同時指出其局限性，也不同意完全否定和拋棄這個口號。

這個口號與「文藝爲政治服務」的主張直接相關，如果說「工具說」有明顯的悖謬，徹底否定之尙且不能爲一些人所接受，則否定「文藝爲政治服務」的主張，就更遭到一些人的斷然反對了。他們斷斷辯解，似乎文藝爲政治服務，就是天經地義：

不錯，藝術和政治雖然同屬上層建築，但是，它們在上層建築中的地位和作用，卻是不相同的。馬列主義創始人在談到它們時，不僅說它們是經濟基礎或近或遠的枝葉，

> 而且，一再説政治是經濟基礎的集中表現。所以，決不能因爲它們都是上層建築，就等同視之。應看到，當政治眞正集中了經濟基礎的要求時，爲政治服務和爲經濟基礎服務，本質上是完全相同的。❹

如此振振有辭，表明當時思想阻力是很大的。但是畢竟多數人經過反省與思考，已經認識到，死抱「文藝爲政治服務」的口號，導致對文藝諸多不良影響，不僅限制文藝生動活潑的發展，而且政治一旦墮落，文藝便難免同流合汚、爲虎作倀，十年「文革」，殷鑒不遠，不可再蹈覆轍。

不久，在中國文學藝術工作者第四次代表大會上，鄧小平首次公開表示：

> 黨對文藝工作的領導，不是發號施令，不是要求文學藝術從屬於臨時的、具體的、直接的政治任務，而是根據文學藝術的特徵和發展規律，幫助文藝工作者獲得條件來不斷繁榮文學藝術事業，提高文學藝術水平，創作出無愧於我國偉大人民、偉大時代的

---

❹ 敏澤：〈文藝要爲政治服務〉，《文藝研究》一九八〇年第一期。

優秀文學藝術作品和表演藝術。❺

稍後，他又再次說明：「不再繼續提文藝從屬於政治這樣的口號，因爲這個口號容易成爲對文藝橫加干涉的理論根據，長期的實踐證明它對文藝的發展利少害多。」❻

一九八〇年七月二十六日，《人民日報》刊發了題爲〈文藝爲人民服務，爲社會主義服務〉的社論，正式以「爲人民服務，爲社會主義服務」的口號取代「文藝爲政治服務」的口號，所謂「工具說」、「從屬說」（即「文藝從屬於無產階級政治」）都隨之失去舊有的地位。

這在文藝思想和理論上是一個重大突破，雖然後來許多事實表明，宣告以一個口號取代另一個口號是較爲容易的，而要使人們脫離文藝從屬於並服務於政治這樣一種思維定式，卻要困難得多多，爾後許許多多的論爭都仍然困擾在文藝與政治的關係上，但是大陸文藝界這個時期能勇闖這一禁區，並取得這一明確的勝利，使文藝至少在理論上走出「工具論」的陰影，則終究是令人欣喜的。

---

❺〈祝辭〉，見《中國文學藝術工作者第四次代表大會文集》第七頁，四川人民出版社一九八〇年版。

❻〈目前的形勢和任務〉，見《鄧小平文選》第二二〇頁，人民出版社一九八三年版。

三、「管得太具體，文藝沒希望」

中共為了使文學藝術成為手中聽話的工具，對文藝界一向控制得非常嚴密，黨對文藝的領導權於是就成為一個不容置疑、不容挑戰的敏感問題。一九五七年反右運動時，不少人就是因為稍稍觸及了這個問題，而被戴上「反黨」的大帽子。然而這個問題顯然同文藝與政治的關係問題緊密相關，要解決文藝與政治的關係問題，就必須同時解決黨對文藝的領導問題。因此，幾乎就在討論文藝與政治的關係的同時，文藝界也展開了對這個問題的熱烈爭論。

後來被開除出共產黨的上海作家王若望，一九七九年在黨中央的理論刊物《紅旗》(當年第九期)上，發表了一篇題為〈談文藝的「無為而治」〉的文章，他重提過去中央領導人之一陳毅講過的「無為而治」，指出：「從文藝的興衰來說，只要在上者『無為而治』，那麼每個文藝工作者就能放手幹出一番成績來。這就是大有作為和無為而治的辯證法。」

王若望的這個觀點，反映了相當多的作家、藝術家要求改善黨對文藝領導的要求。著名電影藝術家趙丹臨終前曾經表示：

《人民日報》正開展「改善黨對文藝的領導，把文藝事業搞活」的討論。看到「改善」、「搞活」的標題，頗喜；看到「編者按」中「黨對文藝工作的領導必須改善，通過改善來達到加強，在這方面我們是堅定不移的」，又憂心忡忡了。我不知道「編者按」中「我們」的範圍有多廣。我只知道，我們有些藝術家——爲黨的事業忠心耿耿、不屈不撓的藝術家，一聽到要「加強黨的領導」，就會條件反射地發怵。因爲，積歷次政治運動之經驗，每一次加強，就多一次大折騰、橫干涉，直至「全面專政」。記憶猶新，猶有特殊的感受。以後可別那樣「加強」了。

……文藝，是文藝家自己的事，如果黨管文藝管得太具體，文藝就沒有希望，就完蛋了。❼

趙丹這一番直言也是他的遺言，非常令人感動，曾經有人說：「要用金字把它寫下來。」但是不久也和王若望的觀點一起，遭到嚴厲批評。上海《解放日報》刊載的一篇署名文章指責道：「我們把王若望同志關於黨不要領導文藝的理論與當前這種思潮加以對照，就可以清

❼　趙丹：〈管得太具體，文藝沒希望〉，《人民日報》一九八〇年十月八日。

楚地看到，他的理論是文藝擺脫黨的領導的一種表現……」❽

盡管王若望一再申明，「『無爲而治』並沒有取消黨的領導，而是要紮紮實實地改變黨的領導作風」，仍然不免於受到這樣批評，後來且作爲資產階級自由化的代表人物被處分，其原因一方面固然與政治形勢有關，另一方面也是思想理論界維護舊體系的保守力量負嵎對抗、伺機反擊的一手。事實上，中共對文藝工作的領導後來的確有了一些改善的跡象，那些諸如只滿足於用行政的手段分配創作任務，要求文藝直接配合那些臨時的、具體的中心工作，對作家寫什麼和如何寫去橫加干涉的做法，以後雖然還屢有發生，卻呈逐漸減少的趨勢，對一些作品雖然進行了批評，卻逐漸淡化了過去那種政治性大批判的色彩。

與黨對文藝的領導密切相關的還有貫徹執行「雙百」方針（即「百花齊放，百家爭鳴」）和創作自由的問題。

所謂「雙百」方針，早在一九五六年即已由毛澤東提出，隨後便號召知識分子「大鳴大放」。但結果是，「大鳴大放」變成一個「引蛇出洞」的「陽謀」❾，引發了衆所周知的可怕的反右運動。所謂「雙百」也就成了一個典型的反諷，文藝界談虎色變。現在重新提出來討

❽ 亦木、萬木：〈評「文藝的『無爲而治』」〉，《解放日報》一九八一年十月廿二日。

論，問題的焦點集中在：「放」的時候，究竟要不要預先設定「標準」和「前提」？如果預先規定什麼能「放」，什麼不能「放」，那麼，所謂「百花齊放」豈非一句空話？有人撰文說，貫徹「雙百」方針不應有框框與前提，重點在「放」。但立刻就有人表示反對，認爲這是提倡資產階級自由化，還是要以毛澤東五十年代提出的區分香花與毒草的「六條標準」❿和「二爲」方向（即「爲人民服務，爲社會主義服務」）爲前提，並批評強調「放」的人是「反對和否定黨對文藝事業的領導，否定馬克思主義指導作用」、「不講社會效果」、「反對正常的文藝批評」。這個問題以後仍在不斷爭論中，始終沒有定論。倒是與「放」有關的「創作自由」的口號，經過一段醞釀，在一九八四年底舉行的中國作家協會第四次代表大會上受到前所未有的肯定。這方面的情況，且留待下文再來敍述。

---

❾ 參看毛澤東〈事情正在起變化〉、〈組織力量反擊右派分子的猖狂進攻〉、〈文匯報的資產階級方向應當批判〉、〈打退資產階級右派的進攻〉、〈一九五七年夏季的形勢〉等文，《毛澤東選集》第五卷，一九七七年，北京，第四二三—四二九頁，第四三一—四六五頁。

❿ 「六條標準」即所謂要看是否有利於：①「團結全國各族人民」、②「社會主義改造和社會主義建設」、③「人民民主專政」、④「民主集中制」、⑤「共產黨領導」、⑥「社會主義國際團結和全世界愛好和平人民的國際團結」。有利於這些的文藝作品就是「香花」，否則就是「毒草」，見毛澤東〈關於正確處理人民內部矛盾的問題〉，同上書，第三九三頁。

四、重估馬、列、毛的文藝理論

大陸文藝理論與批評的另一森嚴的禁區，是對馬克思主義文藝理論，對毛澤東〈在延安文藝座談會上的講話〉重新評價。這時候，在實踐是檢驗眞理的唯一標準的信念鼓舞下，也有人敢於叩打這個禁區的大門了。

八十年代初，中年理論家劉夢溪發表論文，提出馬克思、恩格斯對文藝問題沒有專門論著，所能有的只可以說是「斷簡殘篇」，馬克思主義文藝理論沒有完整體系，存在著一個明顯的、不容迴避的缺陷，就是「涉及文藝的外部規律的多，深入細緻地探討和總結文藝內部規律的少。」⓫馬克思、恩格斯、列寧、斯大林、毛澤東等人涉及文藝問題的言論，在大陸文藝理論與批評界一直享有至高無上的地位，是最具權威的經典。現在居然有人敢對它的權威性和完整性提出懷疑，自然不會不遭到正統派的強烈反擊。他們紛紛撰文批駁劉夢溪的論點，而劉及其支持者也寫了一系列文章與之爭辯。由於受制於大陸的具體環境及當時的認識水

⓫〈再論馬克思主義文藝學的發展問題——答魏理同志〉，載《文藝學：歷史和方法》第二五頁，上海文藝出版社，一九八六年。

準，劉夢溪等人的論點也只能局限在指出馬列毛的文藝理論不夠完整及部分過時上，而不可能直接批駁這些理論的謬誤。例如劉夢溪在文中指出：

> 毛澤東同志的〈在延安文藝座談會上的講話〉，大部分都是講的文藝和群衆、文藝和政治、文藝和革命的關係，以及文藝隊伍的思想建設問題，政策性多於理論性，很少深入總結文藝的內部規律，即使說到這方面的問題，也非常簡單，未做進一步的論證和發揮，甚至闡述文藝的功能時，只講作爲階級鬥爭工具的教育作用，根本沒有提文藝的認識作用和審美作用。⓬

劉夢溪這裡主要還是舉證〈講話〉作爲文藝理論的完整性不足，然也自然讓人想到，以這樣在當時或不得不然的不完整的理論，指導今天的文藝運動，難道不欠妥當嗎？如若說是因爲毛澤東講的，就必須世世代代遵守，那麼這與以實踐爲檢驗眞理的唯一標準，破除「兩個凡是」的精神不是相違背的嗎？

⓬ 同⓫。

圍繞重估馬、列、毛文藝理論問題的爭論，在此一階段基本上還沒有超出學理討論的範圍，因而也沒有引發太大的批判風潮。然而，對於這些指導共產黨文藝政策及大陸文藝發展方向的經典究竟如何看待，自是文學理論與批評中的要害問題，所以，爾後仍然不斷有人提起，並在一九八八年前後再一次形成爭論的高潮。

第三章 乍暖還寒時候

在前一章中，我扼要敍述了新時期的最初幾年，大陸文學界在理論方面的若干突破與進展。在本章中，我將要介紹同一時期大陸文學界在批評方面的概況。如果說理論的突破與進展是伴隨著艱難的掙扎而取得的，則在具體的文學批評方面曲折就更多，新舊左右的衝突就更爲明顯與激烈，風風雨雨、乍陰乍晴、很不平靜。這種情形，一方面是禁錮已久而驟然鬆動之後難以避免的現象，另一方面也是鄧小平既要改革開放又要四個堅持的政策所必然導致的結果。

一、小說〈傷痕〉所引發的爭論

一九七八年八月十一日《文匯報》刊載盧新華的短篇小說〈傷痕〉，隨之引起毀譽不一的評價。毀之者認爲，這類作品偏重「暴露」黑暗面，展示「傷痕」，「情調低沉，看了之後感到壓抑」，受不到鼓舞，「影響實現四個現代化的鬥志」。多數評論家卻從清除「極左」流毒，推動思想解放的角度，熱情贊揚〈傷痕〉以及當時出現的同類作品。當時擔任大陸文藝界領導職務的評論家馮牧寫道：

> 短篇小說〈傷痕〉並不是一篇在藝術上很成熟很完善的作品。它的可貴，在於它是第一個用藝術形象概括地反映出人們思想內傷的嚴重性，並且呼籲療治創傷的重要性的作品。它代表人民發出了使人警醒的第一聲呼喚，因而，它是值得重視的。❶

❶ 馮牧：〈對於文學創作的一個回顧和展望——兼談革命作家的莊嚴職責〉，《文藝報》一九八〇年第一期。

老作家茅盾也以〈溫故以知新〉爲題撰文呵護這類作品：

從這意義說來，你稱它們爲「傷痕文學」也好，「感傷文學」也好，「暴露文學」也好，但不能不承認它們的確是反映了一個時代（雖然這在歷史的長河中不過是一滴水）的作品，而這個時代如果在我們這一代以及我們的後代，長留教訓，是有非常重大的積極意義的。❷

也有的評論指出，這類作品就其主流而言「遠不是平面地照出一場災難的表面血污」，「它不僅揭示了靈魂的內傷，而且開掘健康美的血肉和生機」，並不是止於令人傷感，也促人奮發，一些人的指責不符合事實。

「傷痕文學」這一名稱，起初帶有貶意，而後卻坦然出現並通行於文學史，說明守舊派的觀點畢竟不得人心。

圍繞小說〈傷痕〉及其他同類的作品，大陸文學理論與批評界還爆發了幾場引人注目的

❷ 茅盾：〈溫故以知新〉，《文藝報》一九七九年第十期。

爭論，頗有一提的價值。

㈠關於「向前看」與「向後看」的問題

一九七九年四月五日，《廣州日報》發表黃安思的文章〈向前看呵！文藝〉，文中提出，「一九七九年，標誌著一個新時期的開始」，「作爲一場政治大革命的揭批林彪、『四人幫』運動，現在已經在全國範圍勝利結束」，而揭露「四人幫」的「那一類向後看的文藝創作則方興未艾」，這是不協調的，因而，他認爲，應當「提出文藝向前看的口號，提倡向前看的文藝。」

黃安思的這個觀點，明顯地帶有極左的傾向，當即遭到許多評論家的批駁。他們指出，不能這樣把文藝劃分爲「向前」和「向後」兩類，文藝作品揭露「四人幫」帶來的災難，目的也是爲防止歷史重演，爲創造光明未來淸除障礙，「向後看」與「向前看」是一致的。用寫什麼題材來確定「向後看」還是「向前看」，更是違背文藝創作的規律，近乎荒唐。所論若成立，則又劃地爲牢，造成新的禁區。黃安思接連又發表了幾篇文章，對其論點進行補正和闡述。隨後，爭論已不限於在廣東報刊上，北京的《光明日報》等都發表了文章，反對黃安思觀點者明顯佔上風。

㈡關於「歌德」與「缺德」的問題

幾乎與南方的報紙上展開文藝「向前看」的爭論同時，北方的《河北文藝》更登出了一篇聳動視聽的奇文：李劍的〈「歌德」與「缺德」〉。此文極力鼓吹文藝要「歌德」，用假話、大話粉飾太平，道是：「現代中國人並無失學、失業之憂，也無無衣無食之慮，日不怕盜賊執杖行兇，夜不怕黑布蒙面的大漢輕輕扣門。河水渙渙，蓮荷盈盈，綠水新地，艷陽高照。當今世界如此美好的社會主義爲何不可『歌』其『德』？」對敢於大膽表現生活眞實，揭露黑暗面的作者，則斥之爲「缺德」，指他們是「懷著階級的偏見對社會主義制度惡毒攻擊的人」，「只應到歷史垃圾堆上的修正主義大師們的腐尸中充當蟲蛆。」

如此公開地站在思想解放潮流的對立面，對文藝上開拓的新境界，獲得的新成就，滿口詛咒之聲，眞是極左思想的大曝光了。此文一出，許多人予以迎頭痛擊，並就有關問題又詳加討論，鮮明地提出自己的主張。王若望在其文章中寫道：

……我們所以不贊成「歌德派」或「暴露文學」這種詞彙，就因爲在文藝作品裡，歌頌和暴露總是兼而有之，或者是交替使用。單獨的歌頌和暴露的作品雖不能說沒有，但爲數極少。我們沒有必要把歌頌與暴露做機械的分切。讀者和批評家所要求於作者的，首先問作品是否符合生活眞實和歷史眞實，只要符合生活眞實、歷史眞實者，不論暴露也好，歌頌也好，都會給人以教育，都是受歡迎的好作品。❸

至於，文藝作品如何配合「四化」❹，李劍的的主張就更是過去文革時代「寫中心，演中心」的舊病復發，陳腐不堪，了無新意。一時批評文章甚多，火力之猛，令人印象深刻。

㈢關於社會主義社會有沒有悲劇的問題

社會主義社會究竟有沒有悲劇？在正統派看來，當然是沒有的。因爲據說社會主義社會是人類最美好的社會，消滅了私有財產，消滅了人剝削人、人壓迫人的現象，怎麼會有悲劇？現在傷痕文學卻大寫社會主義社會的悲劇，因此是反動的、不眞實的、應當批判的。反對者則說，社會主義社會怎麼就沒有悲劇？文化大革命不是一個大悲劇？你們怎麼睜眼不看事實？爲了消滅悲劇必須揭露悲劇，傷痕文學不僅沒錯，而且是非常必要的。中間派則說，社

❸ 王若望：〈春天裡的一股冷風——評〈「歌德」與「缺德」〉〉，《光明日報》一九七九年七月廿日。
❹ 「四化」，即指「工業現代化，農業現代化，國防現代化，科學技術現代化」。

會主義社會悲劇是有的，但這種悲劇與資本主義社會的悲劇有著本質的不同。這是前進道路上的悲劇，是可以消滅的；資本主義社會的悲劇，則是沒落、死亡過程中的悲劇，是不可避免的云云。一時紛紛揚揚，好不熱鬧，爲了節省篇幅，我就不再具體徵引了。最後的結果還是承認社會主義社會也有悲劇的意見佔了上風。

二、「劇本座談會」前後的風風雨雨

文藝作品如何反映現實生活，歌頌還是暴露，如何看待文藝作品的社會效果，一直是這一時期的爭論熱點。通過對「傷痕文學」、〈向前看呵！文藝〉以及〈「歌德」與「缺德」〉等討論，一些反對極左思想的意見似乎已經成爲主流，而不久因爲一些更大膽的暴露性的作品出現，問題又再一次尖銳地提出來，爭論亦隨之而起。

電影文學劇本《在社會的檔案裡》（作者王靖，載《電影創作》雜誌一九七九年第十期）寫一個天眞純潔的少女被毀於十年動亂的故事，由於被否定的人物是一個解放軍的高級軍官，引起了一些人的不滿。有人認爲，作品把矛頭指向了軍隊，「給一個解放軍高幹隨便貼上了標籤，硬說成是林彪死黨，這種硬湊的典型，從本質上講是不眞實的」。劇本「呈現在讀者面前的是一群病態的人物，病態的心理，病態的社會」，「作者對中國現實的認識是悲觀的」。

另一些人則認爲此劇效果是好的，是一個「將人生的有價値的東西毀滅給人看的悲劇，而且是有著摧肝裂膽之力的驚人悲劇」。主人翁李麗芳的墮落，「喚起了無數人們對社會問題的思考。」

上海劇作家沙葉新的話劇《假如我是眞的》（又稱《騙子》），上演後迴響也頗強烈，該劇主要針砭社會上存在的特權現象和不正之風，具有非常犀利的鋒芒和辛辣的意味。另一電影文學劇本《女賊》則描寫一個少女如何淪爲女賊的，在青少年犯罪現象背後，呈示出社會環境存在的問題。

這幾個劇本，加上其它幾篇作品（小說《飛天》、《調動》等）由於大膽暴露，集結爲一種現象，受到思想文化主管部門的關注，一九八〇年初由戲劇家協會、作家協會、電影家協會聯合召開了劇本創作座談會，會議長達二十二天，「會上結合當前幾個有爭議的劇本，就近年來戲劇與電影劇本創作中的一些新情況和新問題，以及與當前文藝創作有關的幾個重要理論問題，交換意見，展開自由討論」，對有爭議的劇本，「經過討論，兩方面的同志都互相吸取對方意見的合理部分，修正自己原來的看法，在一定程度上有所接近」❺。當時擔任中共中央宣傳部長的胡耀邦在會上做了長篇講話，他著重講述了應該如何看待共產黨、社會主義制度、解放軍、毛澤東及毛澤東思想等問題，認爲社會中存在官僚主義、幹部特殊化現象，但並不是社會制度的產物，作家干預生活要「站在正確的立場上，用正確的觀點去分析生活，揭露和批判舊事物，促進新事物的發展」，而「寫眞實」則要注意兩點，一是「不能不加選擇地把任何偶然性的東西都當做藝術的眞實。藝術的眞實應該是典型的眞實、本質的眞實。」二是「不能把暫時性的東西寫成一成不變的、永恆的東西，而應該反映出歷史發展的辯證法。」❻按照這個講話的精神，這幾個有爭議的劇本，都被認爲在思想和藝術上有重大缺陷，而受到批評，並被停止上演。

胡耀邦在中共領導人中號稱開明，其意見尚且如此，可見中共對文學的控制並未撤除，中共對創作自由的容忍是極有限的。

這次座談會使有的劇作家感到壓抑，沙葉新在《文藝報》一九八〇年第十期上發表了一篇題爲〈扯淡〉的文章，認爲此次座談會未支持《假》劇恢復上演，便是「開了變相禁戲的先例」，並使同類題材的作品「不寒而慄」。提出也應注意此次座談會的效果，因爲，此會之後，話劇創作便出現了「淡季」，「八〇年是不靈年」。

---

❺〈劇本創作座談會情況簡述〉，《文藝報》一九八〇年第四期。

❻胡耀邦：〈在劇本座談會上的講話〉，《文藝報》一九八一年第一期。

也有人不同意沙葉新對此次座談會的評價，認爲此會是重要的，也是成功的。「八〇年話劇創作的實踐表明，座談會以後，話劇反映同封建特權思想的鬥爭，並沒有『淡』下去，而是更火辣尖銳起來。《灰色王國的黎明》等新出現的劇本，就題材的現實性和主題的政治尖銳性，都已大大超過了《騙子》等劇本」❼，總之，在他們看來，《騙》劇之所以停演，就是因爲它存在問題，社會效果不好，而必須停演，這似乎已經定案了。

三、對《苦戀》的批判

八十年代初，對文藝作品的批評，最具震懾力的一次是對電影文學劇本《苦戀》(載《十月》雜誌一九七九年第三期)的批判。

《苦戀》的作者白樺是一位很有才華的軍隊作家，年輕時就被打成「右派」，「文革」後又活躍於文壇。《苦戀》拍成電影後改名爲《太陽和人》，描寫畫家凌晨光苦苦痴戀祖國，後在「文化大革命」中被迫害致死的故事。

❼ 杜高、陳剛：〈怎樣評價「劇本創作座談會」?——讀沙葉新的〈扯淡〉想到的〉，《文藝報》一九八一年第四期。

一九八一年四月《解放軍報》連續發表特約評論員的文章〈四項基本原則不容違反〉及讀者來信等，認爲《苦戀》「不僅違反四項基本原則，甚至到了實際上否定愛國主義的程度」，「由畫家女兒之口提出的『您愛我們這個國家……可這個國家愛您嗎？』……才是這部作品的眞實主題。」《解放軍報》在「文革」中經常與《人民日報》和《紅旗》雜誌聯名發表最具權威性的社論與大批判文章，此時此舉自然非常引人注目。另一家操持「左」論的刊物《時代的報告》也特例增刊，發表該刊主編黃鋼的文章〈這是一部什麼樣的「電影詩」？〉，指斥劇作者「是在發洩對於祖國的仇恨」。

對於這一來勢洶洶的批評浪潮，權威文藝批評刊物《文藝報》起初並無強烈反應，只是發表了一則消息，特別強調了讀者的異議，認爲《解放軍報》特約評論員文章，對文藝創作的批評「採用了不夠愼重的方法」，「使得社會效果適得其反。」

然而，這畢竟是一場有來頭的批判運動，作爲中國作家協會喉舌的《文藝報》這樣是不能過關的。於是，當時《文藝報》的兩名主要負責人唐因和唐達成聯名發表了一篇〈論《苦戀》的錯誤傾向〉的長篇文章，肯定對《苦戀》「批評是完全必要的」，同時檢討「《文藝報》作爲一個全國性的文藝評論刊物，沒有及時抓住這個典型事例發表評論，有負於廣大讀者的期望，是應當引爲教訓的。」❽二唐的這篇文章除了基本上認同《解放軍報》對《苦戀》主題思想的嚴厲指責外，還對劇本藝術上的弊病進行了剖析，認爲它的致命缺陷是「圖解概念」，閹割生活和藝術。文章最後還寄望於作者「總結經驗教訓」，「今後再寫出有益於人民，有益於社會主義的新作品」。

二唐的這篇文章據說受到高層人士的好評，一場原先看來令人生畏的批判運動，充實了對於作品眞實性的要求與分析，並最終未落脚於對於作家的人身迫害，顯示出與以往大批判很大的不同。白樺遂在《文藝報》一九八二年第一期上發表〈關於《苦戀》的通信——致《解放軍報》、《文藝報》編輯部〉檢討錯誤，並表明心跡說：

> 我從事文學勞動斷斷續續已經三十餘年了，深感精神生產的複雜，但精神產品總是精神勞動者精神狀態的反映。前一時期對來自各方面的批評感到委屈，聽不得批評……對《苦戀》批評的全過程，表明我們正在努力把文藝批評和自我批評納入正常的軌道……

❽　唐因、唐達成：〈論《苦戀》的錯誤傾向〉，《文藝報》一九八一年第十九期。

曲折地反映出他心中仍有不服又同時肯於檢討的思想狀態。至此，這一事件始告一段落。對《苦戀》的批判實際上是中共中央的布署，是當時反對資產階級自由化的運動一個組成部分。一九八一年八月，中共中央召開思想戰線問題座談會，主管思想文化工作的胡喬木到會做了長篇講話，其中就談到：

> 我們對電影劇本《苦戀》和根據這個劇本攝制的影片《太陽和人》進行批評，就是因爲它們歪曲地反映了我國社會現實生活的歷史發展，實際上否定了社會主義的中國，否定了黨的領導，而宣揚了資本主義世界的「自由」。……不對《苦戀》和《太陽和人》進行批評，並通過這種批評使我們的文藝界、思想界和全黨受到教育，增強同資產階級自由化傾向作鬥爭的能力，我們的文藝事業和其他事業就很難保證自己的社會主義發展方向。❾

這次會議之後，中共有關部門即著手進行調整，要改變文藝界黨的領導「渙散軟弱」的

❾ 胡喬木：〈當前思想戰線的若干問題〉，載《紅旗》雜誌一九八一年第二十三期。

狀態。但是大陸文藝界已經不像從前那樣聽話了，要組織較大聲勢的批判已不能被人們接受，於是文學批評也就只能以「爭鳴」的形式出現，中共的反資產階級自由化的運動也無疾而終。而在思想解放運動中集結起來的力量，與左的勢力則不時展開激烈的交鋒。

對《苦戀》的批判剛剛降下帷幕，在這場批判中一馬當先的《時代的報告》雜誌就拋出了一個「『十六年』無差別」的論點。該刊一九八二年第二期在《重新學習〈在延安文藝座談會上的講話〉》題目下做一「本刊說明」，其中寫道：

> 從「文化大革命」以來的十六年中，《講話》也曾受到來自「左」和「右」的歪曲或篡改。林彪、江青一伙反革命，用極左的辦法，把爲工農兵服務的人民文藝演變成爲林、江反黨集團篡黨奪權的陰謀文藝。粉碎「四人幫」後，有些人則又把《講話》當做框框來突破，結果不能不使自己陷進資產階級自由化的泥坑。……

這個「十六年」是一很奇怪的、沒有出處的提法，《時代的報告》編者自撰這一提法，將「文革」十年與粉碎「四人幫」後六年混爲一談，就是意在否定思想解放運動的功績和文藝界的建樹，並借以打擊一大批擁護、推動思想解放的文藝界人士。《文藝報》率先以〈一個値得注意的原則問題〉報導安徽省文聯所屬期刊編輯部部分人員對《時代的報告》一九八二年第二期的一組文章及其「本刊說明」提出疑義，隨後又發表辛旭的文章〈「十六年」無差別嗎？〉對「本刊說明」予以批駁。《時代的報告》編者聲稱是因爲該刊批評了資產階級自由化，而招致一些人的痛恨，「他們是要動員輿論，組織圍攻，把《時代的報告》打成極左刊物，並把它置之於死地。」⑩如果這個描述接近事實的話，那麼這次反擊是策劃得相當有聲有色的。盡管《時代的報告》又刊登了反批評的文章，畢竟其論點的謬誤已昭示天下，力量又寡不敵衆，弄得灰頭土臉。不久以後，這家刊物被改組，終於壽終正寢了。

⑩ 轉引自關林：〈分清是非　辨明眞相——評《時代的報告》第七期的反批評〉，《文藝報》一九八二年第八期。

第四章 人性和人道主義的呼號

大陸當代最重要的文學理論家劉再復一九八六年在一篇論述新時期文學潮流的文章中寫道：

> 我們可以找到一條基本線索，就是整個新時期的文學都是圍繞著人的重新發現這個軸心而展開的。新時期文學作品的感人之處，就在於它是以空前的熱忱，呼喚著人性、人情和人道主義，呼喚著人的尊嚴和價值。❶

❶ 劉再復：〈新時期文學的主潮〉，《文匯報》一九八六年九月八日。

劉再復說得很好，對人性和人道主義的呼喚不僅是新時期文學作品的基本線索，也是新時期文學理論與批評的中心內容。這是對中共社會長期以來無視人性、無視人權、無視人的尊嚴的一種反叛，尤其是對文革十年中人道淪喪、獸道猖獗的醜惡現實，痛定思痛之後發出的痛切吶喊與嚴正抗議。

一、對人性和人道主義的重新肯定

在中共的文學理論與批評中，「人性」與「人道主義」向來是一種禁忌（taboo）。誰提倡人性，誰就會被扣上「人性論」的大帽子；誰提倡人道主義，誰就會被扣上「資產階級人道主義」的大帽子。而這兩頂大帽子同「右派」一樣沉重，是可以置人於死地的。五、六十年代，巴人（即王任叔）、王淑明、錢谷融等人就是因爲對否定人性與人道主義提出異議而罹禍的。

否定人性與人道主義是由中共專制主義的本質所決定的，其始作俑者是毛澤東。下面這一段話見於他一九四二年〈在延安文藝座談會上的講話〉：

> 「人性論」有沒有人性這種東西？當然有的。但是只有具體的人性，沒有抽象的人性。在階級社會裡就是只有帶著階級性的人性，而沒有什麼超階級的人性。我們主張無產階級的人性，人民大衆的人性，而地主階級資產階級則主張地主階級資產階級的人性，不過他們口頭上不這樣說，卻說成爲唯一的人性。有些小資產階級知識分子所鼓吹的人性，也是脫離人民大衆或者反對人民大衆的，他們的所謂人性實質上不過是資產階級的個人主義，因此在他們眼中，無產階級的人性就不合於人性。現在延安有些人們所主張的作爲所謂文藝理論基礎的「人性論」，就是這樣講，這是完全錯誤的。

按照毛的意思，普遍的共同的人性是根本不存在的（要存在也只存在於史前的原始社會和未來無限遙遠的共產主義社會），人只有階級性，如果是共產黨員，當然就是所謂「黨性」。「人性論」提倡普遍的人性，因而是錯誤的。從此以後，「人性」、「人性論」就成了中共文藝理論與批評中的反面名詞了。同樣的，對於「人道主義」，毛也是反對的，他提倡一種所謂「革命的人道主義」，即僅施人道於革命隊伍內部，對於敵人和異己自然是不必講人道的。

毛的這種惡劣理論導致中共統治下的大陸社會蔑視人權與人的起碼尊嚴，種種反人性、反人道的行徑愈演愈烈。到文革中，終於釀成導致整個民族人性淪喪、人道毀滅的千古浩劫。

因此，在劫灰後倖存的人們，深深覺得有在理論上爲人性和人道主義正名的必要，許多理論家帶著一種神聖的使命感，重新把人性和人道主義的問題提出來，希望借此復蘇民族麻痺的心靈。

首先是人性問題。究竟人性是什麼？有沒有普遍的、共同的人性？

曾受過批判的資深文藝理論家朱光潛再次崛起，他借助馬克思主義經典作家論證人性的存在，和人性論的合法性，指出：「馬克思《經濟學——哲學手稿》整部書的論述，都是從人性出發，他證明人的本身力量應該盡量發揮，他強調的『人的肉體和精神兩方面的本質力量』便是人性。」❷

有的論者說得更直截了當：「由於人的肉體組織構造一般地說是相同的，所以人類有著以共同生理構成爲基礎的共同的人性需要，共同的人的本質力量——物質力量與精神力量，共同的感覺、認識、活動、創造規律、心理、情感和審美規律等等。這些大體上構成了可稱之爲『人性』、『人類本性』、『人的一般本性』的內容。……做爲人的本性和秉賦，卻是沒有階級性的，這也就是所謂『超階級的人性』，相對意義上的『永恆人性』（說是相對意義上

❷ 朱光潛：〈關於人性、人道主義、人情味和共同美的問題〉，《文藝研究》一九七九年第三期。

的，是因爲存在著史前史，而且人類還將滅亡)。」❸

這在向來諱言人性，而大講階級鬥爭的思想理論界，自然是石破天驚之論。

當然，對於人性究竟是什麼?大家還有見仁見智，更富於學理性的深入討論。如有的論者認爲：「人性，主要是人的社會性，但是也包含著和人的社會屬性融合在一起的自然屬性。」❹也有人認爲：「人性應當是人類一切特性的總和……人性就是人的自然性和社會性的對立統一」，而社會性也並不等於階級性，「即使在階級社會裡，人的社會性也必定存在著非階級性的方面。」❺還有人這樣來認識人性的實質和形式：「人既是自然的存在物，又是社會的存在物，人的社會本質和自然本質是互相聯繫、互相滲透的，既對立，又同一，成爲人性這一矛盾事物的兩個方面。」❻那麼，人性與階級性又是什麼關係呢？一種看法是，人性與階級性是包容關係，即全體與部分的關係，或者是共性與個性的關係。也有一種看法，認爲它們兩者是對立統一關係。還有人提出，人性與階級性是兩個不同的概念，不必在它們之間找

---

❸ 李明洪：〈人的太陽必然升起〉，《讀書》一九八一年第二期。
❹ 顧驤：〈人性與階級性〉，《文藝研究》一九八〇年第三期。
❺ 朱晶、傅樹聲：〈論人性與文學藝術的解放〉，《吉林大學學報》一九八〇年第四期。
❻ 劉大楓：〈人性的「異化」並非人性的泯滅〉，《南開學報》一九八一年第二期。

「關係」。意見雖然紛紜，但多數人都認爲這兩者之間不是「等於」的關係。那種所謂階級社會中的人性就是階級性，根本不存在超階級的人性的觀點，雖然還有人堅持，市場卻是很有限了。

關於人道主義，爭論的焦點集中在馬克思主義和人道主義的關係上。由於馬克思主義在大陸擁有至尊無上的地位，因此理論家們都極力論證馬克思主義對人道主義決不排斥，甚至還有密切的關係，以使人道主義擺脫不公正的命運。這種情形在關於人性的爭論中也同樣存在。許多文章都爭辯說，馬克思和恩格斯都非常關注人的問題，是以人爲出發點的。馬克思主義包含了人道主義，或者說，馬克思主義的人道主義是更徹底、更科學、更高的人道主義，如此等等。另一方面，即使是不與馬克思主義相關的一般的人道主義，做爲一種傳統、一種價値觀念，理論家們也理直氣壯地爲之辯護。錢谷融寫道：

我想無需引經據典地從歷史淵源和哲學理論的高度上去做出怎樣博大精深的解釋，人道主義顯然是跟人、人性、人的理想等等相聯繫的，我們可不可以把它簡單地理解爲一種對人和人性的積極面的肯定和發揚呢？它的目的是爲了促進人類的幸福和進步，凡是符合於、有助於這個目的之實現的就是人道主義。這樣的人道主義有什麼不好呢？

憑什麼要加以反對？❼

儘管當時或往後一些文章仍對作爲一種思潮的人道主義多有微詞和批評，但對人性和人道主義的肯定和呼喚，畢竟已不再躲躲閃閃了。相反的，反人道主義被斷定是反動的，即使是批評人道主義的人，也不敢公然否定和反對人道主義的價值。這說明大陸社會開始從蒙昧中覺醒，正義得到初步的伸張，有人稱之爲「人的太陽重新升起。」

二、關於「異化」的爭論

在關於人性和人道主義的爭論中，還夾帶了一場關於「異化」的爭論，也是值得注意的。「異化」是一個哲學概念。所謂「異化」，就是主體在發展的過程中，由於自身的活動，產生出自己的對立面，然後這個對立面又變成一種外在的、異己的力量，轉過來反對乃至支配主體本身。黑格爾使用過這一概念，馬克思在表述資本主義社會關係和發展過程時也使用

❼ 錢谷融：〈從什麼是文學說起〉，《文藝理論研究》一九八九年第二期。

過這一概念。大陸新時期的部分理論家和文學評論家援引這個概念來揭露和批判中共社會的陰暗面。他們指出，在社會主義社會，同樣存在著異化的現象，無論政治、經濟、文化、思想各個領域都可以看到異化的惡果。曾任中共中央宣傳部部長，在大陸文藝界具有舉足輕重的影響，但在文革中卻遭到殘酷整肅的周揚，對此表示贊同。他在一九八三年紀念馬克思逝世一百周年的學術報告會上說：

> 肯定人的價值，或者像毛澤東同志所說的「世間一切事物中，人是第一個可寶貴的」，那就要肯定社會主義和共產主義，反對一切形式的異化。社會主義消滅了剝削，這就把異化的最重要的形式克服了。社會主義社會比之資本主義社會，有極大的優越性。但這並不是說，社會主義社會就沒有任何異化了。在經濟建設中，由於我們沒有經驗，沒有認識社會主義建設這個必然王國，過去就幹了不少蠢事，到頭來是我們自食其果，這就是經濟領域的異化。由於民主和法制的不健全，人民的公僕有時會濫用人民賦與的權力，轉過來做人民的主人，這就是政治領域的異化，或者叫權力的異化。至於思想領域的異化，最典型的就是個人崇拜，這和費爾巴哈批判的宗教異化有某種相似之處。❽

同時，他還指出，「掌握馬克思關於『異化』的思想，對於推動和指導當前的改革，具有重大的意義」，鼓勵「這個探討能夠進一步深入下去」，並要求「貫徹『百家爭鳴』的方針和理論聯繫實際的原則」❾。

對異化現象的認識，與文學創作有重要關係。大陸著名的以思想開明著稱的理論家王若水指出：「文藝應該對現實生活中的異化（如官僚主義、個人迷信、特權等）提出抗議和批評，而不應該肯定和贊美異化。」❿還有評論家指出，既然社會主義社會存在著異化，對於異化現象的揭示，就有助於文學創作深化對社會生活的反映。因爲從創作主體來說，作家受「異化了的馬克思主義」思想束縛，就使創作成爲「異化勞動」和「生命的消耗」，使作品成爲「自我喪失的異化文學」⓫。認識了這種現象，有效地克服它，就能使作家的主體性得到更好的發揮。

盡管周揚在他的報告中一再申明，「社會主義的異化，同資本主義的異化是根本不同的，

---

❽ 周揚：〈關於馬克思主義的幾個理論問題的探討〉，《人民日報》一九八三年三月十六日。

❾ 同❽。

❿ 王若水：〈文藝與人的異化問題〉，《文匯報》一九八〇年九月二十五日。

⓫ 王若水：〈現實主義和反映論問題〉，《文匯報》一九八八年八月九日。

其次，我們也是完全能夠經過社會主義制度本身來克服異化的」，但是，他的關於異化的觀點仍然遭到了嚴厲批評。黨內地位高於周揚的資深意識形態專家胡喬木發表了長篇文章〈關於人道主義和異化問題〉，不指名地對周揚進行批判，他寫道：

從異化的抽象公式出發，把社會主義社會中的種種消極現象統統納入異化公式之中，勢必把這些都看成是規律性的和對抗性的，是由社會主義社會中主體自己的活動造成的。這決不可能幫助我們解釋和克服社會主義社會中存在的任何消極現象，只能對這些問題的解決以至對社會主義制度本身帶來破壞性的影響。[12]

胡喬木的這篇文章實際代表了中共最高領導層的態度，所以，「異化」論一時被作爲「精神汚染」而遭到批判。在胡喬木的文章正式發表之前，媒體就以對新華社記者發表談話的方式，公布了周揚的檢討：

[12] 胡喬木：〈關於人道主義和異化問題〉，《人民日報》一九八四年一月二十七日。

……現在冷靜地看，文章本身確有缺點。首先把社會主義社會的一些性質不同的陰暗面籠統地用「異化」來概括、解釋，這樣就只是把「異化」這個概念任意擴大化，無助於對於這些問題的認識和解決。特別是在這個問題上，我沒有很好地注意在思想上與資產階級的異化觀點劃清界線，以致有可能爲某些別有用心，有反對社會主義的思想和情緒的人們所歪曲、利用，也可能使一些意志薄弱、思想動搖的人們對社會主義、共產主義的前途喪失信心。這樣，我關於社會主義社會中的異化的提法，就造成了某些思想上、理論上的混亂。⓭

檢討中還特別提及，他「在一些負責理論宣傳工作的同志提出不同意見之後，還固執己見」，可見他的檢討是迫不得已的，是高層壓迫的結果。

三、人性、人道主義與文學

⓭《就二中全會中提及的有關問題，周揚同志對新華社記者發表談話》，《光明日報》一九八三年十一

文學與人性、人道主義問題的關係非同一般。大體而言，對人性的體認，關乎作品如何描寫人，如何表現人的心靈、性格、思想，因而，對於一部作品成功與否，意義重大。而對人道主義的體認，則關乎作品的主題和命脈，關乎整個文學的本質和靈魂。關於這個問題，在新時期文學理論與批評領域有重要影響的劉再復曾經這樣寫道：

排斥人道主義的同志還不了解，文學上呼喚人道主義，不僅是呼喚社會對人的尊重和關心，不僅是社會文明的需要，而且是文學自身的需要。這種呼喚，不僅是關心社會和人的命運，而且也是關心文學本身的命運。因爲，人道主義正是文學的本質內容之一。文學一旦失去人道主義本質，就會喪失其感人的力量。⑭

另一位評論家更是公開宣言：

文學就其本質而論，必須以人道主義爲靈魂，也只能以人道主義爲靈魂。

⑭ 劉再復：〈新時期文學的主潮〉，《文匯報》一九八六年九月八日。

我把人道主義稱爲文學的靈魂，是基於這樣一個無法改變的事實：無論過去、現在還是將來，人道主義永遠是保證一切形式、一切種類的文學作品具有進步意義和重大價值的最普遍、最基本、最主要的因素。⑮

文學理論與批評對文學與人性、人道主義的關係所做的這樣的理論概括，評論家對於弘揚人道主義的如此熱烈的主張和忠誠的態度，對文學創作中人道主義潮流無疑有推波助瀾之功。

從「傷痕文學」開始，評論家們就經常細心地挖掘和闡釋新作品中所蘊含的人道主義精神，他們不斷地向讀者指出，這些作品是如何揭露和控訴極左政治對人的迫害和摧殘的，神道和獸道是如何壓抑並扭曲人性的，應當如何從人道主義的角度對歷史進行反思，人又是如何被重新發現，人性如何開始了復歸的艱難歷程，這一切在社會生活中具有何種意義。文學理論與批評在這方面所做的巨大努力，除了令作家爲之鼓舞，促使他們在創作上做更深入的探索和更出色的表現外，也以其獨到的見地豐富了人們對人性與人道主義的認識，提升了人

⑮　李貴仁：〈人道主義——文學的靈魂〉，《文學家》雜誌一九八五年第二期。

們的精神視界。

當然，評論界還有另一種聲音，即對一些刻意描寫人性，特別是突破人性描寫上的某些禁區，意在體現人道主義的關懷的作品，如小說《離離原上草》、《妙清》、《人啊人》、《當晚霞消失的時候》、《挑戰》等等的批評。這種批評主要集中於兩方面：一是作品表現了超越階級的人性，尤其是存在於敵我兩方之間人物的共同人性，超越利害關係而導致人物命運的別一種抉擇；二是作品在尊重人性的前提下對於性愛的肯定，已經挑戰於社會的倫理道德。有人在批評一些所謂有不健康傾向的作品時說，這些作品「沒有能夠正確地反映出現實生活中各種社會關係的變化所必然給人性、人情包括愛情所帶來的影響，同時還相當地忽視階級利益的考慮在人物政治的行爲動機中所佔的支配性作用，而不適當地誇大愛情的作用。」「這與當前社會上存在的如下一種文學思潮並非沒有關係，即是把抽象的人性、人情的描寫，把人的權利的無條件肯定做爲文學藝術的最高思想任務。」⑯可見對創作的評論之分歧，與前述對於人性和人道主義的爭論是息息相關的。但是，所有對這些作品的批評，都未再造成以往常見的「大軍壓境」的聲勢，有較多的作品都可以聽到不同聲音的爭鳴。北京一家叫《作品

⑯ 張炯：〈關於人性、人情及其它〉，《文學評論》一九八一年第六期。

與爭鳴》的刊物，專門報導這些爭鳴的情況，讀者已屢見不驚。應該說，這也是可喜的一種進步。

而以表現人性、宣揚人道主義爲依歸的文學，實際上也已形成不可遏抑的潮流，並不理會這類批評，兀自奔騰向前。劉再復曾將這股潮流，劃分出三個階段：「第一階段，是以劉心武的〈班主任〉爲代表作的傷痕文學。這是一九七七年到一九七九年感動中國人民心靈的第一批傑作。」「第二階段，是諶容、宗璞的〈人到中年〉、〈三生石〉等作品的出現從而使對人的尊嚴和價値進入更自覺的呼喚。」「第三階段，是人道主義的深化階段，所謂深化，就是將人道主義推向更深的層次。這就是深化了對人的理解，把對人的關心和尊重推向每一個個體，每一個獨特的情感世界、精神世界。」⑰

大陸新時期文學相對於毛時期的巨大變化與進步，實在是從人性與人道主義的重新發現與呼喚開始的，回顧這段歷程，不能不令人對那些勇於干犯禁忌、努力披荊斬棘的大陸理論家與文學評論家們表示我們的敬意。

---

⑰ 同⑭。

第五章　圍繞現代派的爭論

新時期早期，大陸文學引人注目的重大變化莫過於：

㈠逐漸掙脫對政治的從屬關係；

㈡人道主義精神的高揚；

㈢西方現代派技巧的引進。

七十年代末到八十年代初，正當文學奮力解除它對政治的從屬關係（見第二章），人性和人道主義的浪潮在文學創作和評論中日益高漲之時（見第四章），文學自身——首先表現在技巧上——亦在醞釀深刻的變化。這種變化與西方現代派文學的影響有極大關係。在這方面，首先引起廣泛關注和討論的文學現象是「朦朧詩」，然後是意識流小說與現代派戲劇。

一、「朦朧詩」與「看不懂」

所謂「朦朧詩」，指的是七十年代末開始出現的一類大陸青年詩人的詩。這類詩與中共傳統的標語口號詩大異其趣，它們立意凸現自我(而不是革命集體)，採用各種現代派技巧(而非「群衆喜聞樂見的形式」)，給人某種整體朦朧感(而無標語口號式的明朗)。

朦朧詩最優秀也最深刻、最有代表性的作家是北島，而最早引起詩壇注意的則是舒婷。一九八〇年初，《福建文學》雜誌開闢「新詩發展問題討論」專欄，對舒婷的詩作展開討論。一九八〇年第八期《詩刊》雜誌發表了一篇題爲〈令人氣悶的朦朧〉的文章。作者章明在文中說：「我對上述一類的詩不用別的形容詞，只用『朦朧』二字，這種詩體，也就姑且名之爲『朦朧體』吧。」此後「朦朧詩」的名字便不脛而走，爲雙方所接受，惡之者意在調侃，而好之者即以此來調侃調侃者。

「朦朧詩」特色何在？爲什麼會「朦朧」？如何看待它的「朦朧」？評論界一時爭論得頗爲熱鬧。

就表現手法而言，大陸新時期首席詩評家謝冕指出「朦朧詩」通常是「對於瞬間感受的捕捉，對於潛意識的微妙處的表達，對於通感的廣泛運用，不加裝飾情感的大膽表現，奇幻的聯想，出人意料的形象，詭異的語言，跨度很大的跳躍，以及無拘無束的自由的節律……」❶另一個有影響的詩評家孫紹振寫道：這種詩「好像在照相時故意地把焦距對得不太準確，使感情和意像的聯繫比較模糊和隱秘。這樣詩的形象和思想便帶有某種不確定性……。」❷這樣的辨析當然是意在幫助更多的人對這類詩達到理解和接受，而持否定的態度的人則是另一種表述：「它（指朦朧詩）把『表現我』的個人內心世界包裹起來，追求多層折射，專門捕捉一瞬間的幻覺，一閃念的想像，一忽兒的感覺，一點飄忽渺茫的意念。其結果便是詩的形象模糊不清，意境支離破碎，描寫對象任意地失常地變化，思想感情、想像、聯想無端跳躍。這種奇詭怪誕到使人無法理解的藝術追求，讓人永遠把握不著的神秘的或不著邊際的感情，談不上詩的主題思想……。」❸從這裡我們可以看出一種從傳統審美習慣產生的拒斥態度。由於實質上是不同審美觀點的分歧，因而他們對「朦朧詩」的評價也就截然不同。孫靜軒認為「詩中的朦朧是一種美，一種藝術的特色，是一種風格」，而且還是「一種不容易掌握

❶　謝冕：〈失去了平靜以後〉，《詩刊》一九八〇年第十二期。
❷　孫紹振：〈給藝術革新者更自由的空氣〉，《詩刊》一九八〇年第九期。
❸　丁力：〈古怪詩論質疑〉，《詩刊》一九八〇年第十二期。

的藝術特點」❹。而章明則認爲，「『朦朧』並不是含蓄而只是含混，費解也不等於深刻，而只能叫人覺得『高深莫測』」，「讀了只能使人產生一種說不出的氣悶。」❺

那麼，這樣「高深莫測」的「朦朧詩」是不是眞的讓人看不懂？如果看不懂，它還有沒有存在的價值？或者說，詩可不可以寫得叫人看不懂？於是又有「看得懂」和「看不懂」之爭。「看不懂」派的代表是老詩人艾青，他說：「首先得讓人看得懂。這是我一貫的主張。盡管有些人不同意——寫看不懂的詩的人不同意——我還是堅持著：首先得讓人能看懂。」❻孫紹振則認爲「朦朧詩」與當時的小說、電影的意識流，繪畫的表現手法，歌曲的唱法等都有個不懂的問題，「那就是我們的文藝在探索新的風格和表現方法乃至建立新流派的過程中與群衆發生了一些矛盾。」但是，「那些今天被一些人認爲看不懂的詩，倒用的都是普通的詞語，他的一個個句子是可以看懂的，說不容易看懂可能是詩的整體，而恰恰在整體中包含著作者的追求。」❼

---

❹孫靜軒：〈詩屬於強者〉，《詩刊》一九八〇年第十二期。
❺章明：〈令人氣悶的朦朧〉，《詩刊》一九八〇年第八期。
❻艾青：〈從「朦朧詩」談起〉，《文匯報》一九八〇年五月十二日。
❼同❷。

至於「朦朧詩」這樣「古怪」的詩何以產生？許多評論者也探討了其社會原因，絕大多數的文章都談到十年文化大革命對青年詩人思想和心理的影響。宋壘的文章說：「近年來出現的部分青年中類似『現代派』的詩歌，是衆所周知的『傷痕文學』在詩歌創作方面的表現，是十年動亂間一部分知識青年被壓抑的精神狀態的無可奈何的聲音。」❽蔡潤田則認爲，「在新時期出現的新氣象感召下，青年人特有的對生活的嚮往、憧憬又復萌動，但在這轉折關頭，昨日噩夢還時或縈懷，未來的前景又感渺茫，朦朧的上進意識與前程未卜的矛盾心理是其詩作意象朦朧的原因之一。」❾在分析朦朧詩產生的社會原因這一點上，即使是對這類詩持排斥態度的人，也多少表現出一定程度的理解，而較少斥責之聲。

二、三個「崛起」與新的美學原則

在關於朦朧詩的討論中，有三篇標題中都有「崛起」一詞的文章，頗爲一時所矚目。它們分別是：北京大學教授謝冕所寫的〈在新的崛起面前〉（見《光明日報》一九八〇年五月七

❽ 宋壘：〈詩歌問題淺見〉，《福建文藝》一九八〇年第十期。

❾ 蔡潤田：〈朦朧詩的風格特點及其形成原因淺探〉，《山西師院學報》一九八一年第四期。

日)，福建評論家孫紹振所寫的〈新的美學原則在崛起〉(見《詩刊》一九八一年第三期)，以及吉林大學學生徐敬亞所寫的〈崛起的詩群〉，後者先是在內部傳抄，遲至一九八三年才在《當代文藝思潮》雜誌當年第一期上公開面世。

謝冕在他的文章中竭力爲當時出現的以「朦朧詩」爲代表的新詩潮排除阻力，他以史家的眼光，指出「一批新詩人在崛起」，並流露出不可抑制的興奮感寫道：

> 在重獲解放的今天，人們理所當然地要求新詩恢復它與世界詩歌的聯繫，以求獲得更多的營養發展自己。因此有一大批詩人(其中更多的是青年人)，開始在更廣泛的道路上探索——特別是尋求詩適應社會主義現代化生活的適當方式。他們是新的探索者。這情況之所以讓人興奮，因爲在某些方面它的氣氛與五四當年的氣氛酷似。

他反駁那些對「朦朧詩」以及新詩人的指責，呼籲「容忍和寬宏」。這種對青年詩人的提攜與支持的態度，贏得許多人好感，使得謝冕聲望大增，同時自然也遭到一些人的惡評，說是「誤人子弟」。

孫紹振與謝冕的態度一致，而對「崛起」則另持一說：

……與其說是新人的崛起，不如說是一種新的美學原則的崛起。這種新的美學原則，不能說與傳統的美學觀念沒有任何聯繫，但崛起的青年對我們傳統的美學觀念常常表現出一種不馴服的姿態。他們不屑於做時代精神的號筒，也不屑於表現自我感情世界以外的豐功偉績。他們甚至於迴避去寫那些我們習慣了的人物的經歷、英勇的鬥爭和忘我的勞動的場景。……

孫紹振在此揭櫫的新的美學原則，兩個「不屑」，一個「迴避」，鼓吹表現自我，並甚至提出「實質上是人的價值標準的分歧」，頓時在評論界如巨石投水，激起軒然大波。不少文章向他的新的美學原則發出責難。評論家程代熙猛烈地抨擊孫紹振的文章說：「把孫紹振同志的美學原則的這個出發點和它的綱領——『自我表現』聯繫起來，一套相當完整的、散發出非常濃烈的小資產階級的個人主義氣味的美學思想就赤裸裸地顯示出來。」又說：「孫紹振同志把藝術規律說成是藝術家心靈創造的產物，否認藝術規律的客觀性，就使得他提出的那個美學原則具有相當濃厚的唯心主義色彩。」⑩若是在過去，這種「個人主義」、「唯心主義」的罪名是足以令人膽寒的。其它如鄭伯農的〈在「崛起」的聲浪面前〉(《當代文藝思潮》一九八三年第六期）、李元洛〈是什麼「新的美學原則」？——與孫紹振同志商榷〉（《詩探索》一九八一年第三期）、潔泯〈讀〈新的美學原則在崛起〉後〉（《詩刊》一九八一年第六期）大抵措辭也甚爲尖銳，這種聲勢倒襯托出孫紹振有點「曲高和寡」了。

徐敬亞的長篇文章曾經被推爲青年一代詩人的宣言，它洋溢著年青人特有的銳氣（亦有人貶之爲「狂妄」）：

> 我鄭重地請詩人和評論家們記住一九八〇年（如同應該請社會學家記住一九七九年的思想解放運動一樣）。這一年是我國新詩重要的探索期、藝術上的分化期。詩壇打破了建國以來單調平穩的一統局面，出現了多種風格、多種流派同時並存的趨勢。在這一年，帶著強烈現代主義文學特色的新詩潮正式出現在中國詩壇，促進新詩在藝術上邁出了崛起性的一步，從而標誌著我國詩歌全面生長的新開始。
>
> 八十年代的青年詩人說：「詩是一面鏡子，能夠讓人照見自己」，「詩是詩人心靈的歷史」，「詩人創造的是自己的世界」——這是新的詩歌宣言。

---

⑩ 程代熙：〈評〈新的美學原則在崛起〉〉，《詩刊》一九八一年第四期。

和謝冕、孫紹振相比，徐敬亞畢竟是晚輩，論戰的對手對他就沒有那麼客氣了，他們申斥他否定傳統，宣揚西化，要「轉移到『超現實、超生活』，寫『潛意識衝動』和『純個人感受』（即脫離時代、脫離人民）的現代主義（即唯心主義）文學道路上去」，「真是狂妄而又荒謬之至！」⑪

在反對資產階級自由化的大氣候下，徐敬亞最後不得不發表一篇文章做自我批評（見《人民日報》一九八四年三月五日：〈時刻牢記社會主義的文藝方向〉），不過，他後來又南下深圳，繼續推進新的詩歌運動。詩界的這一浪潮實際並未平息。

這三個「崛起」對當時的文壇震動甚大，不過，它們與其說是以其理論上的分量，毋寧說是由於其氣概和姿態，留給人們深刻的印象。尤其是第三個「崛起」，即新的美學原則的崛起，很足以令人側目而視。然而，就其所闡述的內容來看，似乎尚不足以稱爲新時期的新的美學原則，頂多是它的部分或輪廓。眞正的新的美學原則的構建與明晰，還有待於在下一個階段的創作與理論的探索中去逐步完成。

⑪ 曉雪：〈我們應當舉什麼旗，走什麼路？〉，《當代文藝思潮》一九八三年第四期。

三、《現代小說技巧初探》

雖然與「朦朧詩」大體同時，以王蒙爲代表的一批作家已開始在小說創作中嘗試「意識流」的手法，但是，不像「朦朧詩」一下子便整個以由裡到外的現代派角色跳到台前，包括王蒙在內的一些作家都謹愼地辯稱，他們只是在借用西方現代派的手法，根本觀念仍然是合乎社會主義要求的。看來，在小說這個領域中要打開一個較大的缺口就緩慢得多。遲至一九八八年評論界還有人以不屑的口吻嘲笑那些自詡「敢爲天下先」的作家是「僞現代派」，儘管一九八五年以來，不少青年作家在師法西方現代派的探索和實驗中，已經相當「先鋒」了。從積極方面說，在小說創作這個擁有廣大讀者的重要領域中所發生的這一變遷，雖然相對緩慢，卻也更加深入，正可以代表新時期文學接受西方現代派影響的眞實過程。

以王蒙爲首的一批作家對文學表現手法的探索，雖然很謹愼地放在形式的範圍中推進，也仍然受到一些人的責難。一九八〇年，《文藝報》曾就文學表現手法探索問題舉行座談會，會上有人講，文藝各領域爭論的焦點集中在藝術形式上。後來這個觀點多次受到批評，因爲從傳統（也是正統）的觀點看，內容決定形式，內容才是第一位的，把興趣放在藝術形式和手法的創新上，會降低對於作品內容的重視，導致作家脫離生活。持這種觀點的人，每每故意表現出對於一些新奇的表現手法的輕視，認爲非但是無足輕重，且是過時貨色，不值一提。觀點不同的人，明顯存在一道心理上的鴻溝。熱心於創新試驗的人則似乎有意尋找一個機會炫示一下他們的信念。

一九八二年初，廣東的花城出版社出版了北京作家高行健的一本九萬字的小冊子《現代小說技巧初探》，這本書集中介紹了西方現代小說的技巧，在介紹中把對作家作品、流派特色的分析與對當前創作實際的考察結合起來，以隨筆形式行文，頗有特色。作者的傾向是很清楚的，即認爲西方現代派小說的技巧是可供大陸作家借鑒的。如關於「意識流」，書中在指出它的出現是以現代心理學研究爲背景以後說：「而心理活動的這般規律非英國人、法國人或德國人所專有，俄羅斯人、日本人或也用英語思維的美國人，當然也包括說漢語的中國人，其思維與感受的方式應該說本質上並無不同之處。工人和資本家，總統和車夫，他們的思想感情可以有階級意識與政治態度上極大的差異，而心理規律畢竟相同，都可以用意識流這種文學語言來描模他們各自的內心世界，複述他們的精神活動。」這種對其合理性的論述，顯然是用以支持他的主張的。書前有老作家葉君健的一篇序，與全書相呼應。新老作家的如此配合，也頗令人感奮。

不久，《上海文學》雜誌一九八二年第八期上引人注目地刊發了當時文壇活躍人物馮驥才、李陀、劉心武圍繞這本書的通信。馮驥才給李陀的信被冠以醒目的標題：〈中國文學需要「現代派」〉，信中稱高行健的《現代小說技巧初探》「在目前『現代小說』這塊園地還很少有人涉足的情況下，好像在空曠寂寞的天空，忽然放上去一隻漂漂亮亮的風箏，多麼叫人高興！」他不隱諱自己對現代派的態度，頗爲激昂地寫道：

> 有人說，某某作家是「現代派」。「現代派」並非洪水猛獸，何以懼之？社會要現代化，文學何妨出現「現代派」？……作家對寫法，讀者對作品，都是自由選擇。只要東西寫得好，有一定範圍的讀者群，就可在文壇駐足。文壇可大可小，來者不拒，沒有圍柵，沒有限額，沒有固定座位，可以容納無限。對待文學藝術是需要相當達觀的。

李陀在給劉心武的信中，除了指出馮驥才對「現代小說」不等於「現代派」這一點注意不夠，也聲稱「贊成大馮信中的觀點，甚而比他走得更遠」。並說讀了《初探》一書後，反省以往自己關於「文學創新的焦點是形式問題」的觀點，「沒什麼不對」。而劉心武給馮驥才的信，雖也表達了對於這種專門探討技巧問題的「春天的氣象」的欣悅，卻也就「文學發展的世界性規律與不同社會制度的地區間的文學發展的不同規律，這二者之間的關係究竟如何？」「文學藝術的形式美的總規律與不同門類的形式美的特殊規律，這二者之間的關係又究竟如何？」二個問題進行闡述，指出馮驥才的偏頗。

此外王蒙還在《小說界》雜誌上發表致高行健的信，《讀書》、《十月》等刊物也發表了他們其它有關小說技巧問題的文章，一時間堪稱熱鬧。不論他們之間問題討論得如何，其所達致的效果，倒應驗了馮驥才的一句話：「高行健的小冊子是有實在意義的。它的本身，就是當前我國新文學潮流的反應。」《文藝報》見此，遂於一九八二年第九期上刊登一封讀者來信稱：「這些文章涉及到一些非常重要的問題，涉及到我們的文學要走現代派道路還是走現實主義道路的問題」，需要展開討論。然而，眞正的討論並未展開，只是發表了一些文章對他們其中一些人的觀點，也包括對高行健的《初探》一書進行批評，許多觀點都是針鋒相對的，如關於「意識流」問題，一位論者指陳：「意識流手法並不是同樣地適用於描寫一切人物，它同任何技巧一樣有它的局限性，並且它還有著更大的局限性」，在他看來，「社會主義勞動者的心理活動，其內容與表現形式跟西方知識分子、資本家和總統的心理活動內容與表現形式存在著重要的差別」，因而，這種手法是不宜採用的⑫。這類文章囿於既定的理論模式和知識結構，一般都沒有什麼新的見解。

值得一提的是，上述幾位通信的作家都曾不約而同地慨嘆，專門探討小說技巧的文章、書籍太少，這塊園地相當寂寞，而自這番頗爲熱鬧的討論後，小說學漸漸興盛，也成爲新時期文藝理論與批評的一個重要收穫。

四、戲劇觀念的變革

西方現代主義文學之風不只是吹入了大陸詩與小說的領域，也同樣吹入了戲劇、美術、音樂等領域。

新時期之初，一些大膽揭示社會問題的戲劇曾經在大陸社會產生轟動效應，如《丹心譜》、《於無聲處》、《報春花》、《屋外有熱流》、《未來在召喚》等，一時好評如潮，令人振奮。然而，時移事遷，觀衆對此類戲劇的熱情漸趨消歇，戲劇藝術的危機便顯露了端倪，特別是影視藝術迅速發展，劇場觀衆急劇減少，戲劇面臨十分嚴峻的挑戰，沒有一番大的變革，勢必難以生存。而戲劇的變革，首先要從戲劇觀念的變革開始。

⓬ 王先霈：《〈現代小說初探〉讀後》，《文藝報》一九八三年第六期。

早在六十年代，上海著名導演黃佐臨就曾提出過戲劇觀的問題，在其《關於戲劇觀》的長篇文章中，詳細論述了斯坦尼斯拉夫斯基、布萊希特和梅蘭芳三大戲劇體系，主張將它們加以融合，此文當時頗有影響，後來因爲政治氣候的關係而湮沒。現在，融合各種戲劇觀的問題再次被提起，而且，在以上三種戲劇觀之外，又增加了西方現代派戲劇觀。由於整個文藝界風氣的關係，引進西方現代派戲劇觀念以開拓戲劇改革的新路，也形成一股潮流。八十年代中期，若干有影響的戲劇雜誌《外國戲劇》、《戲劇藝術》、《戲劇學習》等都紛紛評介國外現代戲劇流派，各種戲劇學術研究團體也舉行研討會，討論富有探索精神的新作，推動戲劇觀念的更新。戲劇舞台因此而現代派之風日漸濃厚，有的戲大量運用現代派變形、誇張、荒誕等手法，實現人物的心理外化和意識的形象化，將以往用語言和動作間接表達的心理、回憶、想象和幻境等，以直接可感的形象呈現於舞台；有的戲則以現代派所謂的象徵性設置，誘發觀衆聯想，從而創造假定性的舞台場景，以適應劇情時空的自由轉換；有的戲還大膽採用表現主義和超現實主義手法，讓「鬼魂」的形象出現並與人物發生衝突。到後來，有些戲不但在諸多審美形式中汲取了現代派戲劇的藝術特徵，而且開始擺脫對社會問題表面層次的反映，將藝術觸角伸向社會深層結構，從文化意識與哲學層次上表現社會存在，探索人的價值。這樣就從原先方法、技巧層次的觀念更新，拓展爲對戲劇功能乃至本質的文化意識層次的思考。

戲劇由於具有較大的社會影響，一直很受中共官方的「關注」，這種採用西方現代派的觀念與手法而推行的戲劇變革，自然很難受到充分的鼓勵。相反的，個別戲還被認爲有不良思想傾向，且與學現代派有關而受到批評，高行健的《車站》就是一例。

話劇《車站》的劇本發表在《十月》雜誌一九八三年第三期上，曾由北京人民藝術劇院試驗演出過若干場。該劇寫的是一個城市郊區公共汽車站上，一群乘客焦急地等車進城，左等右等，車卻總也不來。終於有一輛車來了，卻並不停下，轟然而去。又一輛車來了，又是不停，轟然而去。人們在焦慮、希望、失望、埋怨和憤恨中一次一次地被耍弄，然而還一直等下去。時間在不知不覺中流逝，一看錶，才發現已經等了十年，人老了，背駝了，頭髮也白了！直到這時，有人才看到站牌是模糊不清的，或許這個車站早就被廢置了。

一位批評者認定這個戲，「是盲目崇拜、生搬硬套西方現代派戲劇那一套社會觀點和創作思想的產物」，他特別提到高行健就是那本在小說界成爲熱門話題的《現代小說技巧初探》小冊子的作者，那本小冊子鼓吹現代派文學觀念，「有著許多思想上、理論上的混亂和錯誤」，其中兩次贊賞地提到貝克特的《等待戈多》。而《車站》與《等待戈多》都寫「等待」，前者等待汽車，後者等待戈多，兩齣戲都寫「等待的落空」，因而，《車站》很明顯是「受了《等待戈多》之類唯心主義、虛無主義的影響」。這位批評者在他的這篇發表於《文藝報》重要位置的文章的末尾寫道：

在文藝理論上，一些同志熱心鼓吹西方現代派文藝，企圖把西方現代派作爲我國文藝發展的方向。他們在「借鑒」、「創新」、「崛起」的名義下，在盲目地把西方現代派鼓吹得天花亂墜的浪潮中，要把西方現代派的世界觀、藝術觀也一股腦兒地「移植」過來，作爲我們文藝創作的指導思想。《車站》便是一個明顯的例證。⑬

這些話可謂危言聳聽，透露出當時中共意識部門仍然抱持一種僵硬而嚴峻的態度。對西方現代派戲劇的模仿、借鑒，在這種批評空氣中可想而知是頗爲艱難的。幸而可喜的是，戲劇上的變革仍能跨過初期的較爲幼稚的階段向前推進。以高行健的創作爲例，《車站》確實還存在較爲生硬的模仿痕跡，在象徵與眞實之間缺少合理的中介，不同戲劇觀念的齟齬也容易使觀衆陷於困惑。而到後來《絕對信號》和《野人》問世，此類毛病即已少見，其探

⑬ 何聞：《話劇《車站》觀後》，《文藝報》一九八四年第三期。

索也漸臻於較高的境界。

這一時期，美術、音樂等領域關於學習與借鑒西方現代派，關於如何對待傳統與創新，也有非常熱烈的討論，因爲離文學較遠，且限於篇幅，這裡就不一一介紹了。

第六章 現實主義面臨挑戰

現實主義、浪漫主義、現代主義等等，在大陸文學理論教科書中稱之爲創作方法。創作方法的概念於大陸當代文學具有非同尋常的意義，它通常是作爲一種創作信念和理想，也做爲一種指導方針和原則而被規定、被闡述，並對文藝創作產生巨大作用的。前一章介紹了西方現代派的影響在各種文學門類中已然風湧雲起，文學的大格局、現實主義的地位與命運的問題必然受到關注。事實上，觀察大陸當代文學的全局與趨向，現實主義問題歷來都是一個聚焦點而不能不特別予以注意。本章試對新時期文學理論與批評中的現實主義問題作一概略介紹，限於篇幅，無法展開，且不涉及創作上的實際內容。

一、現實主義和它的各種口號

簡而言之，現實主義就是一種要求文學作品眞實地反映生活的主張，從十九世紀被正式提出並從而掀起一場文學運動之後，就不單是指精神，也連同方法而形成一個體系。馬克思主義經典作家恩格斯曾說：「現實主義的意思是，除細節的眞實外，還要求眞實地再現典型環境中的典型人物。」❶此說成爲現實主義的經典定義，在中共文學理論中具有指導性。

現實主義在「五四」新文化運動後被引入中國並予推廣形成文學運動，出現了以魯迅爲首的一批作家的傑作，成績甚佳。爾後不久，由於接受蘇聯文學理論的影響，強調階級功利要求，又提出「社會主義現實主義」或「革命現實主義」的口號，左傾干擾嚴重，「寫眞實」大爲減弱。演至一九四九年後，極左思想一波又一波，愈加猖獗，圍繞追求眞實性的論點不斷遭到批判，現實主義舉步維艱，直至「文革」結束，在新時期的文學理論與批評中，它才獲得一個存在與發展的較好的環境。

❶ 恩格斯：〈致瑪・哈格納斯〉，《馬克思恩格斯選集》第四卷，第四六一頁，人民出版社。

在有關現實主義得以恢復和宏揚的途程中，應該特別提及的是，對所謂「兩結合」口號的否定。早在一九五八年，周揚在一篇文章中傳達了毛澤東對創作方法的新提法：「我們的文學應當是革命的現實主義和浪漫主義的結合。」❷報刊上遂發表大量文章爲這個創作方法做論證，並自此奉之爲必須遵行的創作方法。實際上，這一口號只是嚴重壓制現實主義，助長浮誇和矯情，導致廉價的樂觀主義、粉飾現實、「拔高」人物的傾向。後來文革中江青等人提出的「三突出」、「高、大、全」的創作模式正是這一方法的合乎邏輯的發展。

過去，許多評論家對此不敢怒亦不敢言，現在則起而爲現實主義護法，大膽質疑並否定「兩結合」的口號。有人直言：「『兩結合』的理論是虛構的理論，『兩結合』的實踐是失敗的實踐。」❸「實踐檢驗的結果是，不僅迄未產生出一個被公認爲眞正是『兩結合』的成功作品，相反，愈是在著力提倡的期間，愈是在力求應用的時候，就愈是發生問題，造成消極效果。因此，仍然把它當做即使不再說成最好的也還是應該採取的一種創作方法來維持過去的提倡，就只能繼續影響視聽，於理論、於實踐都是有害無益的。」❹有的論者還指陳「兩結合」在學理上存在謬誤，認爲現實主義和浪漫主義畢竟各具不同特質，不能混合爲一，資

❷ 周揚：〈新民歌開拓了詩歌的新道路〉，《紅旗》一九五八年第一期。

❸ 薛瑞生：〈「兩結合」創作方法漫議〉，《人文雜誌》一九八〇年第五期。

深現實主義理論家陳涌說：「必須承認，有兩種不同的眞實性的表現。而且必須承認，這兩種不同的眞實性，現實主義的眞實性和浪漫主義的眞實性，雖然有現實生活這個共同基礎，同時有對現實進行概括、進行典型化的共同要求，但它們是兩種不同的藝術方法，而且，在藝術上也有兩種不同的結果。」❺也還有人提出，「兩結合」只是某些人的發明，並不符合毛澤東的原意，正宜其取消也。

在這場討論中，雖然也還有「捍衛」派不同意取消，堅稱這種方法，對於繁榮文藝，「已經起到而且將繼續起到積極的作用」，然而，終竟應者寥寥，「兩結合」的字樣已少見或不見於文藝評論了。

一面是對「兩結合」創作方法的否定，另一面，又有人提出「社會主義批判現實主義」的口號，意在強調「揭露、批判、思考」：「因其是以社會主義思想去揭露批判社會主義革命進程中存在的問題，並以此去反映社會主義進程中的社會現實，所以名之曰：社會主義批判現實主義或革命的批判現實主義。」❻許多人對於這個口號持否定態度，馮牧說，它「既不

❹ 呂林：〈關於「兩結合」創作方法的科學性問題——兼論現實主義、浪漫主義的原則和特徵〉，《文學評論》一九八二年第四期。

❺ 陳涌：〈魯迅與現實主義和浪漫主義問題〉，《人民文學》一九八一年第十期。

符合我國社會主義文學發展的現實情況，也不符合文學史發展的實際情況」。「批判現實主義的一個重要特徵，就是對於現存的社會制度基本上持懷疑或否定的態度。所以批判現實主義這個概念，和我們的社會主義文學是聯繫不起來的，……」❼有人甚至認爲它「助長了資產階級自由化的錯誤思潮」。

這一情況表明，在關於現實主義的提法上，過分強調暴露和批判的功能，仍是不被允許的。「社會主義現實主義」的口號雖然也曾受到質疑，然終究保留了其正統地位。而另一方面，傳統的現實主義開始能夠合法地發言，這兩者之間被認爲具有歷史的和精神的密切關係。這一點很有意義，因爲，對於眞實性的肯定和追求，不僅惠及狹義的現實主義創作，也惠及奉行現代主義等其它原則的創作，幫助它們獲得合法的生存空間。

二、現實主義與現代主義並存共榮

❻ 黃偉宗：〈論社會主義的批判現實主義〉，《湘江文藝》一九八〇第四期。

❼ 馮牧：〈關於文藝創作和文藝思想的意見片段——在一次座談會上的發言摘要〉，《新時期文學的主流》，人民文學出版社，一九八一年十一月。

前面已經介紹，現代主義的影響，由技巧、形式而至觀念、內涵，日漸擴大，成爲大陸文藝界不可忽視的現實。過去，現代主義被排斥、現實主義享有獨尊的地位（當然還要冠以「革命」、「社會主義」字樣），而現在，面對現代主義的挑戰，現實主義怎麼辦？或者說，評論界應該如何對待和把握文學上的大格局？

把現代主義視爲洪水猛獸，仍欲拒之於國門之外的人還是有的，但是這種人不但理論上站不住脚，事實上也做不到了。也有一種意見，認定現實主義無邊無際，無所不包，現代主義等等都匯集其中，如此一想，現實主義仍然是一統天下。這種想法，迴避現實矛盾，正如有的論者所指出的，「而現實主義的創作原則，一旦像西方人所說的那樣，變成『無邊的現實主義』以後，也就可能是名存而實亡了。」❽對於這一問題的討論，評論者趨於比較一致的意見是，承認並接受現實，評論家張韌寫道：

現實主義儘管目前處於主流與優勢，但它與現代主義誰也取代不了誰，它們的現狀與趨向是二派分立，交相滲透，你激我蕩，相爭共存。它們二者之間既有對立的一面，

---

❽ 徐俊西：〈關於現實主義的思考〉，《紅旗》一九八六年第十四期。

又有互補的一面，雙軌運行形成了文學自由競爭的活躍機制。❾

而現實主義雖然不是無邊的，卻也應該是開放的。這種開放，意味著既注意吸收世界上其他現實主義體系（如魔幻現實主義、心理現實主義、結構現實主義）的創作經驗，注意借鑒現代主義的表現手法和技巧以豐富自己，也能用現代眼光來審視現實，用現代意識來解釋現實，從而使之具備現代意義。

這樣，一面是現實主義與現代主義並存，一面則是現實主義與現代主義互補、促進，造成一種共榮的局面。現實主義在堅持自己的基本原則的同時，在一種開放的氛圍中吸納衆長，增加自己的活力與生機，開拓出更廣闊的道路，應該說這是一種較爲理想的格局。

不論一些人是否還持有異議，現今大陸文壇的局面大體也就如此。作爲創作上多元發展和廣泛探索的反映，創作理論上出現了更縱深的探討，從而也或更新、或擴大了現實主義理論體系的內涵。例如：

㈠關於作爲現實主義核心理論的典型理論，有人就主張對傳統的典型理論要敢於懷疑與

❾ 張韌：〈文學的新思維與新格局——談現實主義與現代主義的雙軌機制〉，《人民日報》一九八八年十二月二十七日。

反駁，允許典型理論多元化，特別是提出「典型環境中的典型人物」並非文學創作的唯一原則，除了典型性格之外還存在典型觀念、典型體驗、典型情緒等。

㈡關於創作心理學的研究，大膽突入到非理性領域，強調了創作中的非理性因素，以魯樞元爲代表的一些文藝學家，對藝術創造過程帶有「模糊性」，非自覺性的藝術直覺活動在藝術創造中的作用，情感的特性，邏輯與形象思維的關係等都著重進行了闡述。

㈢對創作對象（即人物）的研究，也借助於現代心理學的成果，進入到內心世界的更深層次，探究了其非理性的一面，等等。

三、「複雜性格的二重組合」說

性格理論是現實主義創作理論重要組成部分，成功的性格塑造代表現實主義創作成就。然而，以往由於批判人性、人情，對人漠視，也造成了性格塑造中的簡單化、臉譜化、雷同化的問題。新時期人道主義的高揚，相應提出了表現人性的深度的要求，由此推動現實主義的深化。著名評論家劉再復異軍突起，提出了「複雜性格的二重組合」說，引起文藝界關注。

劉再復提出，人的性格是一個複雜的系統，但是，任何一個人，不管性格多麼複雜，都是相反兩極所構成的。從生物的進化角度看，有保留動物原始需求的動物性一極，有超越動物性特徵的社會性一極；從個人與人類社會總體的關係來看，有適合於社會前進要求的肯定性的一極，又有不適應社會前進要求的否定性的一極；從人的倫理角度看，有善的一極，也有惡的一極；從人的社會實踐角度來看，有眞的一極，也有假的一極；從人的審美角度看，有美的一極，也有醜的一極，等等。任何性格，任何心理狀態，都是上述兩極內容按照一定的結構方式進行組合的表現。性格的二重組合，就是性格世界中正反兩大脈絡對立統一的聯繫，就是性格兩極的排列組合。這種互相矛盾的二重結構是人的性格的普遍性結構。

在闡述這一原理的〈論人物性格的二重組合原理〉一文中，劉再復還寫道：

> 性格二重組合，有兩種最普通的狀況。爲了理論上的方便，我們借用魯迅的話來概括，一是「美惡並舉」；一是「美醜泯絕」（見阿爾志跋綏夫短篇小說《幸福》的〈譯後記〉）。前者是指正反兩重成分以鮮明的對立狀況並存於同一性格中，表現性格的肯定性因素與否定性因素，自此及彼，推移交換，在不同的時間程序上發生。後者則是正反性格因素互相滲透、互相交織以至彼此消融，即同一時間同一空間同一行爲中既包含著善，也包含著惡，美中有醜，醜中有美，同一性格元素在不同的視角下呈現出雙重意義或

多重意義，於是，從某種角度上看，善惡、美醜界限似乎消失。……⑩

劉再復基於性格塑造的研究應有多種角度這個思路，認爲「二重組合」原理的研究角度不同於典型塑造角度。對於性格塑造的研究，一般都從塑造典型這個角度來思考。什麼是典型環境中的典型性格，如何塑造典型環境中的典型性格，自是思考性格塑造的一個根本角度，劉再復表示他並不放棄這個角度，但他認爲從性格結構及性格組合的角度同樣可以達到把握典型性格的目的。他願著重研究這個題目。

一些論者對劉再復在性格研究上的新思路表示贊賞，認爲這一原理的提出，是對傳統保守的典型觀念的嚴肅的挑戰。典型創造原本應該豐富多樣，然而長期以來，由於極左思想和教條主義學風影響，典型理論研究中充斥庸俗社會學和形而上學，常把典型形象認做某種寓言式的抽象物或代表者，直至荒謬地認定一個階級、一個時代只有一個典型，從而嚴重貽害於文藝創作。要使典型塑造突破原有的封閉觀念，就應承認典型形象所固有的多層次、多側面、多重組合的複雜內涵。「二重組合」說在這方面具有不可低估的作用。

---

⑩ 此文刊於《文學評論》一九八四年第三期。

對「二重組合」說持不同意見，與劉再復進行商討的文章也甚多。有的文章認爲，並非任何人物性格都是二重組合的。也有人指出，各性格要素之間存在的相互矛盾的張力場，不僅僅是相反兩極的作用，而是各種性格要素凝聚而成的合力。還有人批評劉再復的性格組合論擺脫了典型環境，而陷入了「人物性格」的孤立天地，搞不好也會掉入「靈魂的陷阱」⓫。有人又表示擔心，如果把任何典型都說成是對立兩極的二重組合，會不會造成另一種簡單化。劉再復則答辯稱，若是把性格二重組合過程理解爲一種動態的、辯證的組合過程，就不會產生這個問題⓬。

不同意見的這種切磋，顯然有助於對這個問題思考更加深入，也有助於現實主義理論內涵不斷更新和走向完善。

⓫ 于逢：〈論人物性格之形成〉，《文藝理論與批評》一九八七年第一期。

⓬ 劉再復：〈關於「人物性格二重組合原理」的答問〉，《讀書》一九八四年第十一期。

第七章　文學主體性的旗幟

也許是新時期文學發展到一定階段，必然要求有一種理論來概括它已發生的許多深刻變革的實質，並更明確表達它的主張，以進一步推進或開啓各種變革，一九八五年劉再復提出了文學主體性理論。這個理論堪稱一面旗幟，它以對主體意識的強調，反映並繼續呼喚對人的重視，既促進現實主義的深化，也催動浪漫主義、表現主義、現代主義的勃興，同時，助成文學實現文學自己：在注重社會因素的基礎上，也注重對藝術審美本質和特殊規律的探求，以求得更高層次的提升。五十年代，雖然也有胡風的主體性理論提出，但是八十年代中期提出的主體性理論，誕生在一個新的歷史環境中，自有其新的面目與內涵，它所具有的撥正力、號召力與影響力，就更非受到嚴酷整肅的胡風所可企及的了。

一、劉再復「文學主體性」的基本論點

劉再復的「文學主體性」理論具有富於時代感的人本主義色彩，他以系統的理論形態論證了人的主體性的結構和功能。

他認爲，人作爲存在是客體，而人在實踐中、在行動時則是主體。人的主體性包括兩個方面：首先人是實踐主體，其次人又是精神主體。人在實踐和認識中，在行動和思考過程中，都處於主體的地位，表現出主體的力量和價值。強調主體性，就是強調人的能動性，強調人的意志、能力、創造性，強調人的力量，強調主體結構在歷史運動中的地位和價值。文藝強調主體性，一是要把人「看做歷史的主人，而不是把人看做物，看做政治或經濟機器中的齒輪和螺絲釘，也不是把人看做階級鏈條中的任人揉捏的一環。」二是要高度重視人的精神的主體性，注意人的精神世界的能動性、自主性和創造性。

劉再復從「文學研究應以人爲思維中心」的觀點出發，著意審視了作爲對象主體的人、作爲創作主體的人、作爲接受主體的人的深層特徵。他指出：

文學中的主體性原則，就是要求在文學活動中不能僅僅把人（包括作家、描寫對象和讀者）看做客體，而更要尊重人的主體價值，發揮人的主體力量，在文學活動的各個環節中，恢復人的主體地位，以人爲中心，爲目的。具體説來就是：作家的創作應當充分地發揮自己的主體力量，實現主體價值，而不是從某種外加的概念出發，這就是創造主體的概念內涵；文學作品要以人爲中心，賦予人物以主體形象，而不是把人寫成玩物與偶像，這是對象主體的概念內涵；文學創作要尊重讀者的審美個性和創造性，把人（讀者）還原爲充分的人，而不是簡單地把人降低爲消極受訓的被動物，這是接受主體的概念內涵。[1]

他著重探討了作家的精神主體性，即作家內在精神主體的運動規律。借用美國人本主義心理學家馬斯洛（Abraham H. Maslow）把人的需要分爲五個基本層次（生存需求層次、安全需求層次、歸屬需求層次、尊重需求層次、自我實現需求層次）的圖式，他把作家精神主體也分爲五個層次，認爲「作家主體性的最高層次，則是作家的自我實現」，「而自我實現

---

❶ 劉再復：〈論文學的主體性〉，《文學評論》一九八五年第六期。本節中轉述的劉再復論文學主體性的觀點及其他片斷引文均見此文。

的過程就是作家對低境界的超越過程。超越的結果，導致作家的內在自由。」他鼓吹「作家從內外各種束縛、各種限制中超越出來，其結果就獲得一種內心的大自由」，而這一條對於文學創造極爲重要。

不難看出，劉再復的文學主體性理論，對中共正統的文學理論，是一項帶根本意味的挑戰。嚴格地說起來，中共並沒有一個可稱之爲理論的文學理論，它有的只是一套爲其政治利益服務的文藝政策。這個政策的核心是文學藝術必須從屬於政治。文學藝術只是整個革命機器上的一個齒輪或螺絲釘，文學藝術要自覺地充當政治鬥爭（或曰階級鬥爭）的工具。所以，中共的文藝政策與文學理論（姑且把他們那一套也稱之爲「理論」吧），本質上就是要取消文學的主體性，使文學成爲工具，成爲奴僕。所以在中共正統的文學理論——這個理論的主要內容都來自毛澤東一九四二年在延安文藝座談會上的講話——中，特別強調作家要改造自己的世界觀，拋棄「靈魂深處」的「小資產階級知識分子的王國」，站到革命的立場上來。換句話說，即是要取消文學創作者的主體性，讓作家變成一個革命的傀儡，而非他自己。這樣才能爲「革命」立言，代馬、列、毛聖人立言，使文學作品成爲「團結人民、教育人民、打擊敵人、消滅敵人的有力武器」。這種作品當中的人物自然不是眞正的活生生的人，他們不過是某種政治理念的載體，演繹馬列主義理論、特別是階級鬥爭學說的符號，成爲作者筆下的傀傀儡。換言之，文學對象的主體性也蕩然無存。至於讀者，在這個理論中，完全是來受教育的，讓他們讀文學作品的目的，就是使他們「警醒起來、感奮起來」、「走向團結和鬥爭」❷。作爲接受者，他們的審美個性與創造性完全是被忽視的，所以他們也是一種被取消了主體性的傀儡，受教育的傀儡。

於是，我們看到了劉再復文學主體性理論對中共正統文學理論的顚覆意義與解構功能。一九八五年，是大陸新時期文學發生根本性轉折的一年。大陸新時期的文學經過八年掙扎與蛻變，已經壯大到可以擺脫中共正統理論的牢籠而展翅高飛了，文學開始恢復自己的本來面目而不再是政治與意識形態的工具與奴婢了。劉再復的理論正是這一偉大轉折在觀念形態上的表現，它又反過來促進這個轉折更迅速更充足地完成。

二、陳涌等人的駁難

既然劉再復的理論隱含著對中共正統文學理論的顚覆危險，加之，他強調主體性，對建

❷ 本段引文均見毛〈在延安文藝座談會上的講話〉，《毛澤東選集》合訂本，第八〇四—八三五頁，北京，一九六九年。

立在反映論基礎上的傳統現實主義也是一項嚴重的挑戰，因而就必會激起一部分保守的評論家們的強烈反對。在這批人中，著名的馬克思主義評論家陳涌是突出的一位。

陳涌在《紅旗》雜誌一九八六年第八期上發表了〈文藝學方法論問題〉一文，對劉再復的文藝主體性理論發起駁難。他也承認劉再復對文藝領域的機械唯物論和庸俗社會學的批評「不是沒有根據的」，但不同意「把我們有些人在解釋和應用馬克思主義觀點時的錯誤和缺點」，當成是馬克思主義本身的問題，「在否定我們的錯誤和缺點時，實際上連同在這些問題上的馬克思主義的觀點和方法也一起否定了。」這種「以退爲進」的措辭，隱隱給劉再復扣上了一頂「反馬克思主義」的帽子。這篇文章著重從主體和客體的關係分析，指出劉再復主體性理論的唯心主義傾向，文章爭辯道：

> 無疑，人可以說具有受動和能動兩重屬性。但是，怎麼能夠把人「作爲一種客觀存在」和「作爲行動著的人」分割開來呢？……其實，客觀存在著的人也就是行動著的人，行動著的人也就是客觀存在的人。這是馬克思主義之區別於前此以往的一切哲學，一切關於人的學說的焦點和核心。人就是作爲實踐的主體客觀存在著。無論是受動性還是能動性都是由實踐著的人體現的，都是在實踐中實現的。離開社會實踐，談論人的

受動性和能動性，不是回到機械唯物主義的直觀反映論，就是走向主觀唯心主義。

對劉再復文學主體性理論的批評的另一方面則指向其人本主義、人道主義的思想。一些論者認爲，文學主體性理論未能明確地從人的歷史性、社會性、具體性來考察人的問題，因而不可能使人的需要、人的自由、地位、價値和尊嚴、人的自我完善以及人的解放和全面發展得到現實的眞正解決。例如敏澤認爲劉再復〈論文學的主體性〉一文，「在某種意義上，是一篇地地道道的關於人的自由、博愛的宣言書。」❸在劉再復的文章中的確可以看到不少對愛的贊頌，有的論者認爲，「過分相信愛與善的威力，是虛幻的樂觀主義，並不比佛教、基督教高明，在二十世紀的今天，仍然是美麗而多餘的夢。」❹還有人說，劉再復援引美國人本主義心理學家馬斯洛關於人的需要的不同層次和等級的學說，用來說明作家總是通過不斷超越低境界而達至高層次，由淺層自我實現上升爲深層自我實現，又將創作主體的「全心靈、全人格」的實現，完全歸結爲人的精神的深層結構，即導源於「積淀在人的精神主體內部的

❸ 敏澤：〈論〈論文學的主體性〉——與劉再復同志商榷〉，《文論報》一九八六年六月二十一日。

❹ 見〈自由地討論，深入地探索——關於劉再復〈論文學的主體性〉一文的討論〉，《文學評論》一九八六年第三期。

潛意識」，這就忽略了馬斯洛人的需要層次說的共時性，又誇大了非理性、潛意識的重要性。

三、餘波不息

劉再復主體性理論是感應時代變革的需要，既反映文藝領域裡已發生的變革的實質，又推動和呼喚更巨大而深刻的變革到來的一種理論，它因而受到許多新進作家與評論家的歡迎與推崇。讀過〈論文學的主體性〉一文的人都能感到，劉再復決非在做冬烘學究式的研究，他的理論的魅力就在於抓住了現實存在的問題的要害，又能佔據哲學的制高點，樹起一面鮮明的旗幟。有人稱這一理論好似一個具有強大搏動力和內驅力的「沉思在理性自由中的文學靈魂」，能引動藝術更大的解放。還有人說它「顯得特別富有生命力和輻射力」，「必將有力地向原有理論的各個方面滲透，例如關於文學本質論、文學創作論、文學風格論、文學鑒賞論、文學批評論、文學發展論等等，都不可避免地要接受它的影響而發生深刻的革命性變革。」這些看法都是頗有見地的。這場關於主體性的論爭的高潮過去之後，依然餘波不息，亦足以證明其影響之大。

其中有兩次比較重要的討論，都是由大陸新時期一位相當有影響的青年評論家魯樞元的文章所引發的。

一是關於「向內轉」的討論。一九八六年十月八日，《文藝報》發表魯樞元的〈論新時期文學的「向內轉」〉一文，文章認爲新時期的文學創作著力表現「題材的心靈化、語言的情緒化、主題的繁複化、情節的淡化、描述的意象化、結構的音樂化」，顯示出一種明顯的「向內轉」，即「回到文學自身」的整體趨勢。圍繞此文展開了一場討論。一些人認爲此文作者實有貶斥和忽視對象的客觀性的傾向，指「向內轉」之說是「一把雙刃劍」，「既用把現實主義曲解爲自然主義的方法，否定了現實主義創作方法接近和反映現實生活的途徑；又用把現實主義貶低爲機械的工具論的方法，否定了現實主義作品的審美價值。」❺所以，這場討論實際上還是關於主體性論爭的延伸。就對創作態勢的觀察和概括而言，多數評論者是贊同「向內轉」之說，認爲是符合實際狀況的，也有人以爲此說失之偏頗，還有人對偏重「向內轉」表示擔心，認爲一味追求「向內轉」，專事空靈、淡化、悠遠，會導致文藝「缺乏鮮明有力的時代精神，缺乏鼓舞人們投身變革的使命感，缺乏直面人生、揭示現實矛盾的貼近感」，因而呼籲「新時期的文學要警惕進一步的『向內轉』。」❻這場討論切合創作實際，有助於人們更深

❺ 曾鎮南：〈新時期文學「向內轉」之我見〉，《文藝報》一九八七年十月卅一日。

❻ 周崇坡：〈新時期文學要警惕進一步「向內轉」〉，《文藝報》一九八七年六月廿日。

切地思考文學的本體位置問題。

再是關於「大地與雲霓」之爭。《文藝報》一九八七年七月十一日發表魯樞元〈大地與雲霓〉一文，引起關於文學在上層建築和意識形態中的本體位置的論爭。魯樞元依據自己對恩格斯一八九〇年十月廿七日致康·施朱特的信的理解，以「大地和雲霓」爲譬，形象地表明文藝與生活、意識形態和經濟基礎的關係。他認爲「文學藝術與哲學、宗教一樣，是高高地飄浮在人類社會歷史活動空間之上的東西，是人類精神上空飄浮著的雲」，它和人類社會經濟、政治生活的關係，「像是天上的雲霞虹霓與大地的關係一樣」。爲此，應該反對在這個問題上的機械唯物論、庸俗社會學和形而上學，讓文藝的精靈騰飛起來，充分顯示出「人類精神的靈幻性、微妙性、豐富性、流動性、獨創性」。此說一出，曾鎮南率先撰文，批評魯樞元曲解恩格斯原意，以想像性比喩代替科學的分析，淡化、模糊和掩蓋了社會生活、經濟基礎對文藝的決定與被決定、反映與被反映的關係，從而有悖於歷史唯物主義原理❼。也有人認爲，文學盡管有靈氣，畢竟不同於高度抽象的宗教和哲學，無休止地向天空飄逸和飛升，勢必使文學離開大地，失去活力和生命。爭論中還有人進一步探討了文學的意識形態性和非意

❼ 曾鎮南：〈文學——做爲上層建築的懸浮物……〉，《文藝爭鳴》一九八八年第一期。

識形態性，顯示出不斷深入的趨勢。

由於文學主體性論爭的刺激，這一時期文學理論領域有關主客體結構關係的各種學說競出，如王元驤的「審美反映說」、欒貽信的「反映建構說」、李劼等的「雙向同構說」、杜書瀛的「審美模型說」等，均有獨到見地。不同的學術觀點互逆互異、互激互補，有助於從不同視角對學術問題進行多方面多層次的透視，從而達致較完整和正確的認識。這些論爭的氣氛，總的來說是正常的，應該說，這是大陸文學理論與批評領域難得的一段好時光。

第八章　文學批評新方法的浪潮

劉再復的文學主體性理論標舉三大主體：創作主體、對象主體和接受主體。在接受主體中即包括批評主體，批評家是文藝作品接受者中較高級的一部分。強調主體性，自然包括文學批評的主體性。

新時期的文學批評，在其最初批判極左，撥亂反正，回顧文學的歷程並總結教訓時，即已自我意識到：批評自身就應受到徹底的檢討與批評。三十年來，大陸文學批評界遵奉政治第一（乃至政治唯一）的標準，教條主義、庸俗社會學、機械唯物論和形而上學泛濫成災，批評淪爲助紂爲虐的工具，實非一日。新時期的批評於新的文學潮流雖有推波助瀾之功，而當更多、更新的拓展呈現之時，原有的以反映論爲基礎的批評模式就愈益顯出其淺薄、貧乏、單一、僵化，若不改弦更張，勢必不能立足。而一場大的文學變革，如不包括批評的變革，也必是不完全和不成功的。

總之，大陸新時期的文學批評在醞釀一場自身的深刻蛻變。這個時機大約在一九八五年前後終於成熟了。

一、社會批評如何定位？

醞釀一場批評的變革，也必然伴隨激烈的爭論。首先是對傳統的馬克思主義文藝批評方法的評價，有人指出：「傳統的文藝理論觀念和方法是三十年代從蘇聯引進，並於五十年代開始普及大陸的。它以馬克思主義的科學理論自居，實際上並不盡然，充其量只能算做一種多少簡單化和庸俗化了的馬克思主義，帶有相當程度的機械性與片面性。」❶也有人指出：「『馬克思主義』在相當長的一段時間裡，不僅『代替』了社會學、倫理學、心理學、美學……而且還『代替』了各學科中許多具體的研究方法：歷史或社會的比較分析方法、心理分析方

❶ 陳伯海：〈馬克思主義與理論創新〉，《文藝理論研究》一九八五年第三期。

法、類型學、語義學、符號學……等的研究方法。這樣一來，必不可免地使文藝研究的方法變爲一種單一的、封閉式的體系，使它失去了活力，變成一種僵化的模式。」❷當然也有人激烈反對這種離經叛道的言論，但是，面對蜂起的各種新的文學批評方法——它們顯然與馬克思主義方法並不相干，如何解釋它們與馬克思主義方法之間的關係呢？一位論者寫道：「馬克思主義文藝學方法論與新方法之間的關係，是一種辯證關係。馬克思主義的統轄作用，並不意味著代替作用。它們既互相區別，又互相聯繫；既有彼此對立的一面，又有彼此依存的一面；既是互斥的，又是互補的；既都有反駁傳統的因素，又都有『曲解繼承』的成分。」❸這種解釋顯得很勉強，曲意維護的困窘之態畢露，自然很難抵擋上述批判的攻勢。

問題集中到「社會批評」上，圍繞社會批評展開了一場論爭。馬克思主義批評主要是社會批評，所以社會批評在大陸一直居於獨尊的地位。各種新的批評方法嶄露頭角，打破了這種局面，並將社會批評置於被審視並被重新定位的地位。經過一番討論，大家大體達成共識，認識到獨尊社會批評而排斥其它批評方法是不對的，在社會批評中羼入的庸俗社會學、機械唯物論、教條主義等，更是必須清除的；而在批評的多元化格局中排斥社會批評，把社會

❷潘澤宏：〈建立文藝研究方法的開放性體系〉，《求索》一九八五年第五期。
❸董學文：〈文學研究方法論的幾個問題〉，《北京大學學報》一九八六年第五期。

批評與庸俗社會學等劃上等號，也是不對的。文藝批評的對象，最終都離不開人，離不開對人所處環境的考察。文藝就其本性而言，是不能脫離社會而存在的，缺少對社會環境的探究，任何文學現象也都不能獲得完滿的解釋。「問題是，『社會批評』同樣要不斷更新觀念，豐富自我，以求得對社會和藝術發展的適應性。」❹於是，又有人提出「新的美學——歷史批評」、「開放性的社會歷史批評」等概念，主張嚴肅地面對多元批評方法的現實，認眞吸取非社會批評的長處，以充實社會批評，同時，又讓社會批評滲入其它批評方法之中，以謀「多元共進」。

二、批評意識的革新

今天的大陸文學批評界，早已不是馬克思主義式的社會批評的一統天下了。也許在數量上，社會批評的論文仍佔多數，但在質量上，特別在創新程度及吸引視聽的程度上，其他批評方法則顯然更佔優勢。

❹ 繆俊傑：〈「社會批評」的反思和自信〉，《文藝報》一九八八年十月一日。

所謂批評意識，就是對批評的本質與功能的意識。究竟批評應該是怎樣的，在對以往的文學批評反思的同時，一些批評家也在積極思考，並對一種新的批評意識做出明確的表述。劉再復提出，第一，批評不僅僅是一種認識，而且還是一種審美再創造，只有成爲後者，批評才能邁進更高的境界；第二，批評不僅是一種理智的判斷，而且是一種審美的判斷，是一種欣賞，一種體驗，一種批評家與作家的同受共感以及變革自身的過程；第三，批評不僅僅是一門科學，而且也是一門藝術，應該有具獨特個性的的文體❺。

爲要達致批評的理想境界，批評家必須實現和強化自己的主體性。劉再復就此又闡發了批評家應該完成的三級超越，即對現實意識的超越，對作家意識範圍的超越，對自身的主體結構和固有意識的超越。其中特別是對作家意識範圍的超越，對於批評擺脫舊有模式，眞正成爲一種審美創造十分重要。這種超越的要點則是批評家要「以自己獨特的審美觀念（其最高層次是審美理想）來解釋作品，在解釋中放入自身審美理想的投影，使作品獲得昇華，使作家在創作過程中湧現出來的一些非自覺的東西變成自覺的東西，即原來作家未意識到或未充分意識到的東西上昇爲自覺的充分意識到的東西」❻。

❺ 劉再復：〈文學批評的危機與生機〉，《文學的反思》第一五一——一五五頁，人民文學出版社，一九八六年版。

這種批評意識的偏重，使得主觀的印象式批評頗爲看好。印象式批評以超越具體現象表現批評家主體的靈性爲旨趣，以鑒賞的精細和文筆的優美見長，於凸現批評家的主體特徵甚相宜。「我所評論的就是我」，是這種批評的口號。八十年代中期，有若干家雜誌邀請批評家以此爲題撰文，有的批評家力陳，「一部作品，永遠只能是人們所感受到的那部作品」，批評家「評論的並不是那個客觀存在的『作家創造物』，不是一個純粹的客體，他所評論的只能是他自己感覺體驗到的東西，只能是評論客體與評論主體之間的相互作用、相互關係。」「評論的過程也是評論家從人格方面和藝術方面自我實現的過程。」❼還有人如是說：「我評論的作品，就是我的啦，我評論的文學現象，把我的體會、理解、想像，甚至把我本人的某些超越評論客體的意識，化入其中了。」❽

批評家的這種宣言，足見主體性之高揚。以往，批評家既要依從於批評客體，又要依從於既定的理論模式以及政治標準，眞可謂跼天蹐地，現在則束縛頓解，意氣風發，自我凸顯。誠然，印象式批評只是多樣化批評之一種，且也非唯一值得推崇之一種，但由此彰顯的意識

❻ 劉再復：〈論文學的主體性〉，《文學評論》一九八五年第六期。
❼ 魯樞元：〈我所評論的就是我〉，《文學自由談》一九八五年第一期。
❽ 滕雲：〈我所評論的就是我〉，《當代作家評論》一九八五年第三期。

與心態的解放則是非常可貴的。

批評意識的革新必然導致批評發生深刻的蛻變，八十年代中期文學批評的變革就是以批評意識的革新爲內在動因的，爲人們所概括的批評變革的諸方面，如由外到內，由一到多，由微觀分析到宏觀綜合，由封閉到開放，由靜態到動態，由客體到主體等等，則無一不與批評意識的革新相關。

三、「新方法」熱

在大陸文學理論界，一九八五年有「新方法年」之稱。當時沸沸揚揚，掀起過一陣相當引人注目的文學批評新方法的熱潮。其背景是當時大陸哲學界對科學方法論表現了很高的熱情。這自然還是跟改革、開放有關。隨著封閉狀態的打破，西方科技與西方思潮相繼湧入，對落後的中國大陸充滿著不可抗拒的誘惑力。大陸哲學界從八十年早期起就開始熱心於科學方法論的研究，而文學研究囿於舊的模式與意識形態部門的控制，面對目不暇給的創作上的新變，早已力不從心，亦亟需改換方法。這時受了哲學界的影響，有心人便開始介紹、引進西方各種文學批評的新方法，而至八五年頓成燎原之勢。是年，廈門、揚州、武漢關於文學批評的討論會相繼召開，一時間，談論新方法的文章連篇累牘，新概念、新術語滿天飛，成爲一種新時髦。

「新方法」的熱潮，主要在以下諸方面。

首先是西方各種批評方法的引進：心理批評、原型批評、新批評或本文批評、結構主義以及解構主義批評、新詮釋學批評、接受美學批評等等，其中尤以心理批評引人注目。心理批評就是運用心理學方法對創作活動和作品進行評析。過去，雖也有過朱光潛等的文藝心理學著作，但尚無創作中變態心理的研究。現今的文藝心理研究與批評，乃是在對弗洛伊德(Sigmund Freud, 1856-1939)、容格(Carl Jung, 1875-1961)、阿德勒(Alfred Adler, 1870-1937)的精神分析學派,格式塔(Gestalt)學派以及馬斯洛的人本主義心理學派介紹的基礎上進行的，如魯樞元對創作心理規律的研究，就與以往的文藝心理學研究有不同特色。呂俊華所寫《阿Q精神勝利的哲學內涵和心理內涵》也很有新見。他超越了從社會學角度研究阿Q的傳統方法，而把阿Q的精神勝利法做爲一種心理現象，特別是做爲一種變態的心理現象來加以研究，揭示了阿Q複雜情感活動的心理內涵。這種研究有助於揭示作品的幽微之處，給讀者新的啓發。其他批評方法也有許多嘗試之作，特別是在一九八五年前後，許多文章由於採用了新的方法與角度，令人感到面目一新。

其次是運用系統論的觀點於文學批評研究。系統論是把研究對象作爲系統來考察的理論，它把對具體的、局部的、單個事物的研究提升爲對系統的研究，把單個的、線性的研究提升爲多向的、網狀性研究，體現了科學發展綜合性和一體化的趨勢。系統論的觀點引入文學批評研究，必然引起思維方式的深刻改變，並獲致對事物的新認識。如林興宅的論文〈論文學藝術的魅力〉，把藝術魅力看成文藝作品的美感動力系統、多種因素的合成、審美主客體在審美環境作用下辯證運動的過程，提出：「魅力並不是純粹審美對象的客觀屬性，而是人對文藝作品的審美關係的產物，是人的各種心理功能積極活動的結果。」「魅力的秘密不能僅僅到文藝作品中去尋找，而應該在文藝欣賞的實踐中尋求解釋。」❾這種看法即與過去習焉不察的教科書的定義迥異，使人有峰迴路轉、別開生面之感。這位學者的另一篇論文《論阿Q性格系統》也大受好評。他對這些論題的研究，能大膽嘗試運用系統論觀念而又不牽強、生硬，較爲嚴飭、細密而自成一說，顯示有相當的功力。系統觀中除了系統論，還包括信息論和控制論，合稱「三論」，「三論」都被引入文學研究，各有一些文章發表。與此同時，文藝研究與自然科學聯姻，也不斷有一些美談，如有人運用模糊數學原理、測不準定理以及熵

❾ 林興宅：〈論文學藝術的魅力〉，《中國社會科學》一九八五年第二期。

定律，闡釋文學現象，還有人提出，數學和詩最終要統一起來，成爲數學的詩，詩的數學。但也有人以爲大不然，強調文藝有自身的特點，不宜用自然科學研究方法硬套文學。應該承認，包括運用「三論」在內，由於文學本身確有自己不容忽視的特點，也由於研究者自身自然科學知識準備不足，的確存在著牽強、生硬的毛病。在不少文章中，新概念、新術語大量堆砌，許多也不過是原有概念與術語的置換，還有的文章則故弄玄虛，不知所云。但不管如何，它們畢竟展示了文學批評與研究的一個重要趨勢，人們有理由相信，這些初期的幼稚與不足都是可以逐漸克服的。

再次，受系統觀的影響波及，綜合的、宏觀的文學批評日益增多。所謂綜合的、宏觀的文學批評即是把文學現象納入文學的大系統中，以及社會的大系統中加以考察，從而把握文學現象的整體性意義，並藉以洞見文學的發展趨勢與規律。這類批評在大陸文學理論界一向甚少，現在卻有好些評論家著手進行嘗試，不但有許多論文產生（如一九八六、八七年間關於新時期十年文學研究的一大批論文），而且還續有專著問世(如曹文軒《八十年代文學現象研究》、席揚的《選擇與重構》等)。

最後，尙須提出的是比較文學批評與研究。此種批評與研究，雖早已有人著手，並赫然有錢鍾書諸大家聳立，而眞正在較大範圍，頗有聲勢地蓬勃展開，則也是在「新方法」浪潮急湧的前後。這時期不但有各地研究學會相繼成立，學術研討會此伏彼起地舉行，且有叢書的出版，各高等學府中作爲選修課程的開設，亦可稱一時之盛。

「新方法」熱沒有維持很久，不久即告降溫，但由這一熱潮所推動、擴大的文學批評與研究的多元化趨勢則並未中止。

第九章　新的美學原則的眞正崛起

在本文第五章第二節介紹有關「朦朧詩」的爭論時，我曾經提到三個著名的「崛起」，其中一篇是孫紹振所寫的〈新的美學原則在崛起〉。雖然，詩歌是在大陸新時期文學中較早進行形式變革，極力破除桎梏，突顯其審美特性的領域，但就當時而言，論者所疾呼的「新的美學原則」，也只落脚在「表現自我」，而眞正的新的美學原則，則僅略現端倪，或仍尚在「朦朧」中。從新時期文學的進程看，有一個明顯的轉折，起初是文學與粉碎「四人幫」後的新的政治結褵，與撥亂反正的社會變動諧振，繼而，則逐漸表現出一種與之疏離的動向，愈來愈重視本體的價值，重視表現自身的特性，向自身的審美本體位置回歸。這個過程中，必然要醞釀、產生並昭示一種突破以往政治和社會使命壓倒一切的模式的新的美學原則，無論作者還是讀者，甚至可以說全社會，都要在審美觀上發生一次變動。這種情況，到八五年後就從全局上看得相當明顯了。

一、文學觀念的新變

文學觀念，即是對文學是什麼，文學的本質特徵是什麼的看法。文學觀念往往影響一個時期的文學面貌。文學觀念的變化，是非常值得重視的。

與一九八五年文學批評方法熱興起的同時，關於文學觀念的討論，也在一些作家和批評家中熱烈地進行。權威評論雜誌《文學評論》開闢「我的文學觀」專欄，刊登闡述自己文學觀念的文章，其它刊物也發表了不少討論文章。

這種討論一般沒有激烈的爭辯和交鋒，更多的是各抒己見。諸多文學思潮與批評理論的引入，已使人們憬悟對文學不可能再堅持劃一的看法，而把文學觀念的多元趨向視爲當然。如儘管趨新是一種時尚，而有人申明自己一貫的關於文學要「干預生活」的主張，也並不受到排斥。

另一方面，也確乎有不少人所申述的文學觀，已迥然異於傳統的文學觀，體現了文學觀念的新變。這種變化首先是建立在對原有的文學觀念的反思基礎上的。中國從古以來就有「文以載道」的傳統，文學臣屬於政治，似乎是天經地義。而中共理論又特別將此點予以加強，且明定爲作者必須遵行的文藝政策。文學本來既有社會因素，又有審美因素，但長期以來，審美因素總是受到貶抑，受到忽視，而社會因素則被片面強調。文學的審美特性不能得到充分生長和發揮，使得文學經常迷失自我，淪爲非文學。此外，原有文學觀念也與方法論上的嚴重缺陷有關，「其中一個重要表現是單向思維，就是從單一方向把握對象，用線性因果律來處理複雜的事物，即使是複雜問題的爭論，也沒有擺脫思路的單一化。」「還有一個表現，就是缺乏動態觀點。即把對象孤立起來，尋找它的終極原因，而不能在事物之間關係中，在主客體的辯證運動中考察對象。」❶因此，文學觀念亟待有一個大的轉變。參與這場討論的人，不但檢討原有文學觀念存在的缺陷，也努力尋求重建的新角度與新方法，他們或提出要從文學外部規律的研究轉向內部規律的研究，或提出要轉向人本身，要以人爲思維中心，或指陳在思維方式上要從單一轉向多維和開放，有人還主張應從「文學不是什麼」的角度來考慮文學的本質，用「悖論」來不斷更新文藝觀念。

❶劉再復：〈思維方式和開放眼光〉，《文學評論》一九八四年第六期。

這場討論中，各種新的文學觀念的申述，大都向文學的審美價值傾斜，如有人認為要從藝術形象和形式看文學的本質，把文學看成是一種「形式化的活動」，而文學的內容則只是「形式化的內容」❷。也有人運用系統論的方法對文學的本質作如下概括：第一層次，從審美的哲學的觀點出發，文學是審美意識形態；第二層次，文學則是審美本體系統。有人從心理學角度分析，認為只有當多向統一的審美心理機制實現為藝術的變形、超越，達到創作主體對於外在世界形象與內在世界精神進行感性形式的審美表現時，才有文學本質的全面實現。還有一些論者認為文藝的本質存在於多維結構之中，其中有人主張「主、客觀二維結構」說，即認定文藝「既反映客觀世界，也表現作者的主觀世界，是主客觀的辯證統一」❸。也有人主張「生活、自我、形式三維結構」說，即認為：在生活和自我的二維結構中發育的藝術形象，只有加上形式和風格這一維，成為三維結構時，藝術形象才最終誕生❹。還有人主張「四維結構」說，認為文學作為特殊的精神活動，是客觀世界、作家、文學作品、讀者四位一體的有機運動。

❷ 孫津：〈文藝不是什麼〉，《當代文藝思潮》一九八六年第一期。
❸ 金開誠：〈反映客觀與表現主觀〉，《北京大學學報》一九八五年第一期。
❹ 孫紹振：〈形象的三維結構和作家的內在自由〉，《文學評論》一九八五年第四期。

這些觀念由於背離了傳統的文學觀念，自然也不免遭到批評。現任《文藝報》主編鄭伯農當時就針對這些觀念寫道：「在文藝源泉問題上，不能搞二元論，也不能搞唯心主義的一元論……作家的主觀能動性是很重要的，但主觀畢竟是第二性的東西。把第二性的東西當做源泉，就會陷入唯心主義。」❺然而，這種理論模式已不再能範圍人們的觀念了。已經變更的文學觀念不僅本身就是一種新的美學觀念，而且成爲孕育新的美學原則的良好母體。

二、文體意識的覺醒與文體批評

在大陸文壇，一九八五年被稱爲「方法年」，其標誌是多種文學批評方法的引進與運用；一九八七年則被稱爲「文體年」，其標誌是普遍的文體意識的覺醒、自覺的文體探索與文體批評大量的出現。

文學的文體包括敍述視角、結構形態、文學語言等等，以往，文學上片面強調和突出思想內容，而普遍缺乏文體觀念。文學回歸本體位置的要求，促使愈來愈多的人重視文學的審

❺ 鄭伯農：〈關於「文藝觀念」的幾個問題〉，《馬克思主義文藝理論研究》第七卷。

美特性，也促使愈來愈多的人重視文體和文體的探索。他們已經明確認識到，文體並不是一種純形式因素，而是一種「有意味的形式」(significant form)，它本身就是文學表現的內核，與文學表現的內容難以析離。作家對文體的自覺探索，包含他對世界的觀點、體驗和感受的變化，也包含有更爲深層的文化和哲學意識的滲透。基於這種認識，文體探索就不是一般地追求形式和技巧，而是一種新的美學觀的實踐。

大陸新時期的文體探索大體經歷了兩次高潮。一次是一九七九年後以王蒙爲首的一批作家的創新試驗，他們借鑒西方現代派文學中的「意識流」手法，致力於心理結構與情節結構的融合，使小說面貌一新，起到了「帶頭羊」的作用。另一次是一九八四年後，伴隨「尋根文學」的興起，作家的文體意識更加自覺了，他們力圖以相應的文學形式，表現自己所關注的民族文化因素，令文化的審美內容轉化爲審美的文體形式。接著，一批更具現代意識的青年作家，幾乎把敍述的形式因素做爲最重要的表現因素對待，熱衷於在文體中表現特有的意味與感覺，而隨之理論批評界也不甘落後，掀起了文體批評的熱潮，對文體做宏觀考察者有之，進行具體的文體探索者有之，從事小說作品的文體批評者亦有之，敍述視角、結構形態、藝術模式、時空意識、文學語言，均成爲探討對象，同時還出現了建構文學語言批評體系的初步嘗試。這種情況表明文體探索已從不自覺轉向自覺，從局部擴大爲整體，一種新的美學原則在眞正崛起。

這個時期所大量湧現的文體批評，雖然認識不免有諸多歧異，卻足以造成聲勢與氣候，顯示文體批評的頗爲可觀的存在。儘管引用西方各種現代文學批評理論與方法，難免有現買現賣、生吞活剝之嫌，然而也畢竟敏捷、新鮮。且還有一個可貴之處，即相當注重與當時的創作相呼應。批評者努力歸納創作上的嘗試與探索，並予以生發和拓展，這當中頗可見出批評者的創意與才情。

特別値得介紹的是關於小說結構形式、敍事方式和文學語言的研究與批評。

情節結構從來就是小說的一個重要構成因素，作爲新時期文學在審美方式上發生的一大變化，情節的淡化和結構的強化，較早即已開始，這一趨向隨後日益明顯。批評家們對此十分關注，有人從「結構——功能」的角度，追蹤了當代小說結構方式由「短篇故事」到「短篇小說」的演變，指出：「明晰的、單一的故事線被衝破，代之以複雜的、交錯的抒情線」，短篇小說出現了「抒情化、散文化、詩化」❻。有的批評者則從宏觀考察的視野中，歸納出三種新的小說結構方式：以內心活動的秩序與歷程組織各種形象片斷的結構；以某種意象或

---

❻ 黃子平：〈論中國當代短篇小說的藝術發展〉，《文學評論》一九八四年第五期。

象徵意蘊串結作品的結構，以某種形而上的題旨或意味控制諸多不同的形象單位的結構❼。還有人對「情節——人物」模式以外的結構形態做如下概括：心理結構、意象結構、自然空間結構、文化空間結構、鬧劇結構等❽。這些探討均各有見地，令人深受啓迪。

敍述方式也是文體探討中一個熱點。有的批評者認定敍事方式是小說形式化了的審美特性，因而予以高度重視，其論文著力描述敍述方法的多樣構成及其功能，指出敍述方法中既有深隱層次：作家——基本視角——心理個性，又有表現層次：敍述人——敍述視角——敍事語調。具體而言，敍述人中包括了不掩飾的敍事者、主要人物敍事者、次要人物敍事者、傀儡敍述者、隱身敍事者等五種類型，而敍述視角也有全知視角、次知視角、戲劇視角等類型❾。對創作中運用不同視角的嘗試，批評者予以積極評價。他們認爲，小說敍事觀點從全知全能解放出來是一大進步，大量的人物內視角的運用，增強了作品的眞實感和感受度；對內外視角及其人稱的交叉運用增強了作品的立體感和多維度；常態敍述視角與非常態敍述視角的交互運用及其相互消長，摒棄了外在的「眞實」感而代之以內在的「眞實」感，強化了

❼ 南帆：〈小說技巧十年〉，《文藝理論研究》一九八六年第三期。
❽ 毛時安：〈小說的選擇〉，《當代作家評論》一九八六年第六期。
❾ 孟悅、季紅眞：〈敍事方法——形式化了的小說審美特性〉，《上海文學》一九八六年第十期。

文學的「虛構」性。這種敘述方式的實驗，以及這種研究與評論，都是以往所從未有過的。

其三，文學語言批評亦是許多批評家著力的方面。他們中有人認識到，作家在文學語言上的不同選擇，乃是「創作方法的選擇」的結果，而這在根本上又基於「主體對經驗世界的面貌的不同理解。」❿有人從符號學角度指出文學語言乃是一個獨立的符號體系，它「不僅是一種表達的『符號』」，「而且還是結合著個人及至地區、民族歷史及其思維方式的。」⓫有的批評者則根據瑞典語言學家索緒爾（Ferdinand de Saussure，1857-1973）區分「語言」和「言語」的理論，指出所謂「文學語言」乃是「言語」，而非「語言」，並具體分析了文學語言的審美功能、風格、變體等等，還有人特別研究了小說敘述語言的功能和局限，小說敘述中的轉述語以及小說中的各種新的語言現象，如對古體化、散文化、雜文化、詩化語言的辨析，和對各種日常生活用語、電報式語言、數理語言等的梳理。這種批評的另一個重要趨向，則是對於文學批評學體系的尋找，不少批評都在形式本體論層次上展開，顯示出與西方形式主義文學批評相接近的態勢。

文體批評與創作上的文體探索起著互相發明的作用，並相互推擁形成一股引人注目的新

❿ 羅強烈：〈主體性與文學語言的選擇〉，《文藝研究》一九八六年第五期。

⓫ 程德培：〈當前小說創作中的新因素〉，《黃河》一九八五年第三期。

潮，自然，由於觸犯了一些人的傳統觀念和保守心理，它們也受到不少責難，另一方面，也確實存在由於幼稚而帶來的一些缺點，如概念的混亂和隨意，以及好作艱深等等。然而，這種批評的出現和壯大，畢竟意義非凡，它們實際上都參與一個新的美學原則體系的建構，並已使之聳峙於大陸當代文學之中。所可慮的，倒不是它們帶有何種缺點與不足，而是能否堅持下去，並繼續成長。

三、關於「僞現代派」的爭論

新的美學原則並非等於現代主義，但是，在文體探索和批評中所建構的新的美學原則，確乎與現代主義的影響息息相關，且與現代主義的審美方向相接近。而新時期文學中現代主義的發展，新的美學原則的萌生與確立，必然要時時伴隨各種思想的交鋒。發生在八六年至八七年間關於「僞現代派」的一次爭論，作爲在一個新的階段反映人們對中國已然出現的現代主義文學不同觀感的一次爭論，是值得一提的。

一九八六年底，在《文學評論》雜誌召開的小型座談會上，有人提出：「我們文學中的『現代派』可以稱其爲『僞現代派』。」「『僞現代派』的含義就是我們並沒有眞正具有現代素質的現代派作品。」⓬「僞現代派」概念的提出，遂引起一些人的爭議，《北京文學》爲此召集了兩次討論會，《上海文學》、《文匯報》等報刊也發表了一些討論文章。

討論中，一種意見認爲，大陸至今並未出現嚴格意義上的現代主義文學，有人指陳：「中國與西方世界在歷史傳統、文化環境、價值觀念等方面差別是如此之大，根本就不存在產生此類西方現代主義那樣的文學運動的條件。」⓭而由於物質生活水平的限制，由於缺少現代主義文學產生的哲學土壤，由於文化心理機制的障礙，還由於風格承傳的多元性質、精神物質的差異、現實土壤的制約等原因，「很難產生嚴格意義的現代主義作品」⓮。現今某些所謂現代派作品所表現的思想感情，乃是一種「矯情」。

與之相反的意見則認爲，中國在特定歷史條件下，存在接受現代主義影響的因素。新時期的作家們，在借鑒現代派時，頭腦是清醒的，既增進了藝術表現力，又體現出與西方現代派的本質差異⓯。有人還指出，不應拿西方現代主義文學做標尺來衡量新時期文學中的現代

⓬〈面向新時期文學第二個十年的思考〉，《文學評論》一九八七年第一期。

⓭李陀：〈也談「僞現代派」及其批評〉，《北京文學》一九八八年第四期。

⓮季紅眞：〈中國近年小說與西方現代主義文學〉，《文藝報》一九八八年一月二日、一月九日。

⓯鄒平：〈中國存在現代文學的土壤嗎？——與季紅眞同志商榷〉，《文匯報》一九八八年四月八日。

主義，認爲中國的現代主義作品，是基於中國文化的土壤與氛圍在感受世界現代意識衝擊的過程中精神痛苦的產物，它應當尋找一種建設現代文學意識的平衡支點——世界意識與民族意識的綜合。

問題似乎並不在於這樣一種觀點的對峙，而在於在「僞現代派」這一名稱所帶有的不滿意味裡，包含著其實很不相同的態度和動機。如有的批評者所指出的，它可以指對西方現代敍述手法的我行我素的借用，也可以指「在一個剛剛溫飽或吃不飽的國度中寫撐得慌的文學」。說話者的動機至少有三類：有的是期待更爲純正的現代主義作品的出現；有的是意在強調現代主義的中國化；有的則是指責和反對現代主義文學傾向。青年批評家黃子平寫道：「『僞現代派』不是一個經過深思熟慮的理論概念……當人們使用這一術語去評價一部作品時，一方面或多或少地歪曲了作品，另一方面則顯示了自身所執著的價值標準。仔細地辨析每一種用法的微妙區別，正是冷靜的批評應承擔的任務。」⑯

誠然，這裡所呈露的某種困惑和歧異，也必定會引起更深入的思考。

⑯ 黃子平：〈關於「僞現代派」及其批評〉，《北京文學》一九八八年第二期。

第十章　重寫文學史(並後記)

大陸新時期的文學理論與批評在整個社會日趨開放的背景下，與日新月異的文學創作相呼相應，相摩相蕩，不斷革新，不斷向前。它舉著思想解放的旗幟，本質上則是一種反叛。反叛中共(尤其是毛)加諸文學的種種桎梏，也反叛自身先前的異化，要從工具回歸本體。經過十餘年的累積，終於在一九八八年爆出一個更具有整體觀念、更帶本質性、綱領性的反叛口號：「重寫文學史！」

一九八八年第四期的《上海文論》雜誌，開闢了「重寫文學史」專欄，特邀兩位青年評論家陳思和和王曉明主持，顯示出該專欄的新銳性質。〈主持人的話〉中說：「我們今天提出『重寫文學史』，主要目的，正是在於探討文學史研究多元化的可能性，也在於通過激情的反思給行進中的當代文學發展以一種強有力的刺激。」並且說：「今天提出『重寫文學史』已經是太遲了，早在幾年前，就應該澄清這個問題的。」

「重寫」首先是在對現、當代文學史的重新審視，特別是對一些早有定評的作家、作品的重新評價中展開的。以往寫現、當代文學史，須聽命於政治，把文學史寫成中共的意識形態教科書，對作家作品自然不可能有公允的評價。現在批評者從社會歷史觀點與審美觀點相統一的角度去審視，就有了新的見地。例如，對趙樹理，有批評者就尖銳指出：「被動地適應，消極地適應，嚴重地限制了趙樹理的藝術視野，限制了趙樹理藝術才能更大的發揮。在五四新文學的發展中，在描寫新天地、新思想、新感情、新人物上，趙樹理較之他的前輩是前進到一個新的階段，在文學大衆化上，趙樹理別具一格，給五四新文學傳統補充了一項新的內容，但是，從文學的觀念和藝術的水準上衡量，趙樹理創作較之他的前輩們，是個倒退，是從魯迅、郭沫若、茅盾等的現代文化的高層次，向農民文化的低層次的倒退。」❶對當代文學中享譽甚隆的柳青的《創業史》，有人則率直地批評它「以狹隘的階級分析理論配置各式人物」，並力圖從「柳青現象」中透視出某種足以發人深省的規律性：「即使像柳青這樣長期

❶鄭波光：〈接受美學與「趙樹理方向」〉，《批評家》一九八九年第三期。

紮根於農村生活，力圖忠於生活的作家，也只能在『先驗』的理論框架的規範中面對生活，生活經過這套框架的篩選，喪失了它的原生狀態豐富性、複雜性……人物服務主題，事件演繹主題，主題證明政治理論的千眞萬確，九九歸一跟我走，自覺的文學在這裡就成爲聽話的文學。」❷

「重寫」還涉及對文學理論家胡風、周揚等的重新評價，並大膽質疑於統治文藝界近半個世紀的毛澤東文藝思想。後來遭到嚴厲批判的夏中義的〈歷史無可避諱〉一文稱：「一九五四年披露的《胡風對文藝問題的意見》，不啻是在沉默中爆發的一曲悲歌」，胡風所直面的「五把刀子」正是來自毛澤東的文藝思想，而毛澤東文藝思想的「內核」，「用一句話來概括：就是堅執文藝從屬於政治，亦即片面強調文藝的政治實用功能，偏偏忘了文藝的本性是審美。」❸文章循著這一思路，對周揚的命運也進行了探索，力圖揭示出歷史的眞面目。

「重寫」，也涉及到一九四九年以前的現代文學，例如對魯迅、茅盾、沈從文、張恨水、張愛玲等人的重新評價。

「重寫」，甚至也包括對一九一七年以來整個新文學運動的檢討與反思。有學者提出「二

❷ 宋柄輝：〈「柳青現象」的啓示〉，《上海文論》一九八八年第四期。

❸ 夏中義：〈歷史無可避諱〉，《文學評論》一九八九年第四期。

十世紀中國文學」的觀念，以代替「現代文學」或「新文學」的傳統提法。他們聲稱：「要把二十世紀中國文學作爲一個不可分割的有機整體來把握」❹，並且醞釀一個整體性的突破。這一切，不僅顯得很有一種理論創新的大氣魄，而且是對中共意識型態、中共文學觀念、中共對中國現代歷史的解釋的大挑戰。

在「重寫文學史」的浪潮中，弄潮兒自然是若干思想解放、目光英銳的青年學者，但可貴的是，連不少學界耆宿也對此表示理解與支持。著名文學史家唐弢在「六四」之後的九〇年還發表文章說：「我贊成重寫文學史，首先認爲文學史可以有多種多樣的寫法，不應當也不必要定於一尊。」❺他們也諄諄告誡年輕人：「應避免空洞的宏觀之論，而多一些紮紮實實地建立在具體作家作品基礎之上的微觀研究，旗號與內容要相稱。」❻

這一「重寫文學史」的運動是極有魄力、極有價值的，原可期待它產生正本清源的建設性成果，可惜不久就因一九八九年的政治事件而橫遭摧折了。「六四」之後，它被指斥爲「在『重寫文學史』的口號下，系統地、有步驟地、全面地貶低和否定革命的、進步的、左翼的

❹ 黃子平、陳平原、錢理群：〈論「二十世紀中國文學」〉，《文學評論》一九八五年第五期。
❺ 唐弢：〈關於重寫文學史〉，《求是》一九九〇年第二期。
❻ 〈老教授三人談〉，《文藝報》一九八九年五月二十七日。

文學傳統」，「吹捧不革命乃至反革命的作家，是資產階級自由化的表現」❼，受到嚴重批判。

但是，「重寫」運動是不可能人爲中止的。不管中共當局願意不願意，文學史乃至整個中國現代、當代史實質上都在不斷重寫之中，中共自己就在不斷地重寫，還能禁止別人重寫麼？

事實上，通過本書對大陸新時期文學理論與批評的概況的介紹，讀者自不難看出，無論創作，抑或理論與批評，從某種意義上來說，都在重寫文學史，或者說，要寫出與以往不同的新的文學史。

經過十餘年的變化，大陸文學眞正是脫胎換骨、面目全非了。試將現在大陸的文學作品與一九七七年以前的中共文學作品同讀，不能不令人有恍若隔世之感。從前充斥作品的革命八股，馬列教條，階級鬥爭的火藥味，模式化、傀儡式的人物，呆板、枯滯的筆墨，現在似乎都一掃而空了。大陸文學接受世界影響的程度與速度也是驚人的，十幾年的時間幾乎走過了西方文壇一、兩百年間所走過的歷程。作品如此，理論與批評也是如此。

---

❼ 參看董學文：〈必須反對文藝理論上的資產階級自由化傾向〉，《光明日報》一九八九年八月一日，及張炯：〈大力推進馬克思主義的文學研究和批評〉，《光明日報》一九八九年八月一日。

大陸新時期文學理論與批評所經歷的道路，是一條行經會稽山水的高速公路，曲折繁美，令人目不暇給，決非一本小書所能盡述。筆者在本書中所介紹的，只能說是一個輪廓，即新時期文學理論與批評的基本走勢，以及構成這走勢的主要論爭、思潮、現象等等，其它不相關，或雖有些相關卻不密切，以及雖相關卻已重複的，如衆多的作品爭鳴，只好缺而不論。一九八三年底開始的清除「精神污染」，一九八五年作家協會第四次會員代表大會大倡「創作自由」，一九八七年初反資產階級自由化，開除劉賓雁、王若望的共產黨黨籍，「舌苔」事件(即《人民文學》編輯部因發表馬建的小說《亮出你的舌苔或空空蕩蕩》被迫做檢查)，《紅旗》等三家報刊以反右爲基調的涿州組稿會等，都是一時氣候的標誌，在一部較詳細的大陸新時期文學批評史中自有其不可忽視的地位，但在這本小書中，我也只能於此以「風風雨雨不斷」的粗略印象一筆帶過。其它，諸如關於「尋根文學」的討論，關於純文學和通俗文學的討論，關於文學的轟動效應以及實驗小說、先鋒小說的困境的討論，(還有知青文學、反思文學、改革文學的討論，長篇、中篇、短篇小說的討論，各時期、年度創作狀況與趨勢的討論……)等等，雖也在批評範疇，卻似應與創作一併介紹，本書也就從略。

最後，尚須就讀者極關心的目前大陸文學理論與批評現狀說幾句話。

一九八九年「六四」事件後，大陸文學界又經歷了一番大風雨，一些曾經活躍於論壇的評論家遠走海外，文學評論刊物減少，引人矚目的討論亦不多見。但是，批評仍然存在，而且顯示其原有的趨勢並未逆轉，諸如：注重文學本體，注重審美判斷，注重批評的主體意識，注重批評本體位置，注重方法的多元化，思維的多向度，注意拓展思維空間，以及在文學批評中融入哲學和文化意識等等，在在顯示出一九七七－一九八九年這十二年間大陸文學理論與批評所逐漸建設起來的基礎是深固而不易摧毀的。

平心而論，大陸新時期的文學理論與批評，雖然不免粗糙、浮躁、甚至淺薄，卻很有朝氣與銳氣。它有一股強烈的反叛精神，深具爆破力與開拓力。它的主要成就不在於建設一個博大精深的新體系，而在於解構了一個荒謬而暴虐的舊體系，因而重建了文學的本體價值。在一片清除了荆棘與叢莽的土地上，乃可以種奇花、樹異木，我們樂見大陸文學有一個更光明的未來。

參考書目

朱寨主編：《中國當代文學思潮史》，人民文學出版社，一九八七年五月。

張鍾等：《當代文學概觀》，北京大學出版社，一九八四年二月。

劉再復：《文學的反思》，人民文學出版社，一九八六年。

曹文軒：《中國八十年代文學現象研究》，北京大學出版社，一九八八年六月。

中國社會科學院文學研究所當代文學研究室：《新時期文學十年》，中國社會科學出版社，一九八七年一月。

中國文聯理論研究室：《新時期文藝論文選集》，上海文藝出版社，一九八六年六月。

武漢大學中文系當代文學教研室主編：《中國當代文學手冊》，湖北教育出版社，一九八八年五月。

錢學森、劉再復等著：《文藝學・美學與現代科學》，中國社會科學出版社，一九八五年。

宋耀良：《十年文學主潮》，上海文藝出版社，一九八八年七月。

馮肖華：《當代批評家簡介》，陝西人民出版社，一九九二年一月。

張炯：《新時期文學格局》，陝西人民教育出版社，一九九一年七月。

李潔非、楊劼選編：《尋找的時代——新潮批評選萃》，北京師範大學出版社，一九九二年七月。

馬玉田、張建業主編：《十年文藝理論論爭言論摘編》，北京十月文藝出版社，一九九一年五月。

吳亦文主編：《新時期文藝理論論爭概觀》，海峽文藝出版社，一九九二年十一月。

上海師範學院中文系文藝理論教研室編：《文學理論爭鳴輯要》，上海文藝出版社，一九八三年十一月。

席揚：《選擇與重構》，時代文藝出版社，一九八九年四月。

其餘單篇論文請參考各章注文。

〔附錄一〕大陸新時期前十年的三股主要文學思潮

一、背景

當鄧小平在一九七八年十二月中共十一屆三中全會上以「實踐是檢驗眞理的唯一標準」的理論鬥倒了華國鋒「兩個凡是」的綱領——一條沒有毛澤東的毛澤東路線，並且提出「改革開放」的口號時，不管他自己有沒有意識到，他事實上是在扮演《天方夜譚》中那個把魔鬼從小瓶裏放出來的老漁夫的脚色。這個魔鬼不是牛頭馬面，而是馬克思、列寧、毛澤東以及一切正統的共產黨人最痛恨的資本主義。「改革」，當然是要改變原有的制度與秩序，亦即毛式社會主義；「開放」，當然是向西方開放，也就是向資本主義開放。一「革」一「開」，先前被毛澤東拚死命關進小瓶的資本主義魔鬼被鄧小平放出來了。鄧小平十餘年來的所作所爲，可以一言以蔽之，就是在並不否定毛澤東偶像的前提下反毛澤東之道而行，在並不變更社會主義招牌的前提下引進資本主義，中國大陸這十幾年來的變化也可以一言以蔽之，就是在以鄧小平爲首的中共領導集團的掌控下，實行有限的、漸進的、避名就實的由毛式社會主義向一種可稱之爲鄧式社會主義與資本主義雜交的社會形態和平演進。這種雜交的社會形態用大陸上現在流行的名詞來稱呼，就是所謂的「有中國特色的社會主義」。

鄧小平爲什麼要放出資本主義這個魔鬼？當然不是因爲他對這個魔鬼情有獨鍾，乃是因爲經過毛澤東幾十年的窮折騰之後，所有頭腦不發昏的人都認識到社會主義並不能救中國，經由共產主義理論所構想出來的烏托邦路線並不能達到現代化。豈止不能現代化，恐怕還要「亡黨亡國」。在一九七六年九月毛澤東去見馬克思的時候，中國不但政治上危機四伏，一觸即發，經濟上也民窮財盡，瀕於崩潰的邊緣。反觀被共產黨仇視鄙視的西方資本主義世界，卻並不如馬克思當年預見的那樣，貧者愈貧，富者愈富，壟斷代替競爭，經濟危機週期縮短，於是日趨腐朽沒落；也不如毛澤東所斷言的那樣，外強中乾，只是一隻紙老虎，不堪一擊。現實的情形是資本主義世界竟然在歷次危機中形成了一套自我調節的機制，早期的毛病一一得到克服，活得越來越健康，眼下居然是一片國泰民安、欣欣向榮的景象。於是鄧小平以一個實用主義者的清醒眼光很快看出，要救中國、要救共產黨，只有把資本主義這個力大無比的魔鬼暫時放出來幫幫忙。

鄧小平當然也很清楚，資本主義這個魔鬼放出來容易，要它服從命令卻很難，爲了防止它日後胡作非爲，反奴爲主，鄧氏便精心結撰了一個鐵絲網來範圍它，這個網就是「四個堅持」——堅持社會主義道路、堅持無產階級專政（後來改爲「堅持人民民主專政」）、堅持共產黨的領導、堅持馬列主義及毛澤東思想。以爲有了這面金光法網，資本主義這個魔鬼就只能在我允許的範圍內施展神力，而不致於犯上作亂，爲害到中共主子的根本利益。

後來事態的發展表明，鄧氏顯然是低估了資本主義這個魔鬼的法力。資本主義這個魔鬼從小瓶裏被放出來以後，開始還有點小心翼翼，東張西望，不久就大膽起來，而且表現出一種桀驁不馴的反叛個性，它要按照自己的意願做事，並不怎麼理會主人的意圖，到後來簡直就爲所欲爲，甚至動手拆網了。明眼的人都看得很清楚，十餘年後的今天，鄧小平當初提出的「四個堅持」，已經只剩下一個空殼，實質已殘破不堪，除了共產黨領導一條外，其他三條都是似有若無了。

以上就是中國大陸自鄧小平上台以後十餘年來的發展大勢，也是鄧小平時代的根本特點。大陸上習稱鄧小平當政的時期為「新時期」，新時期之所以新，也就新在這裏。考察中國大陸新時期的一切事情，都不能脫離這個基本背景，考察大陸新時期的文學發展自然也不例外。

二、主線

大陸新時期文學十餘年來，如錢塘江潮，一波接一波，先後推出了「傷痕文學」、「知青文學」、「大墻文學」、「反思文學」、「改革文學」、「尋根文學」、「市井文學」、「意識流小說」、「朦朧詩」、「荒誕小說」、「結構主義小說」、「性小說」、「新潮小說」、「先鋒小說」、「實驗小說」、「元小說」、「新寫實主義小說」等等，令人目不暇給、驚詫疊起。無論就名目主義之衆多、篇章卷帙之浩繁、發展之迅速、爭論之激烈，都不僅在中國前此未有，恐怕在世界文學史上也罕有其匹。論者每每就事論事，傷痕、反思、尋根……，一一羅列，然後開出一大堆作者與書目，看得人眼花撩亂，卻不得要領。

其實，在大陸新時期這一大堆五光十色的文學現象的背後，有一條貫串於其中的發展主義。這條主線就是：反叛。

中共建國四十餘年，大別之實不過兩個時期：毛澤東時期（一九四九—一九七六）與鄧小平時期（一九七七至現在）。大陸當代文學四十餘年的發展也可以分爲這樣兩個大的階段，其趨向則正好相反。毛時期文學的大趨勢是「屈服」，即文學日甚一日地屈服於毛的「文學必須從屬於政治」及「文學必須爲工農兵服務」兩大原則之下而喪失了自我，變爲政治的奴婢，意識形態的宣傳品，最終異化爲「非文學」。鄧時期亦即新時期的文學，則反其道而行之，其大趨勢是「反叛」，即反叛中共（主要是毛）強加給文學的桎梏，也反叛自身先前的異化，一點一點地尋回文學的自我。

抓住這條主線來考察大陸新時期文學的發展，雜亂紛繁的現象便顯得井然有序了。我以爲在反叛的總體精神指引下，大陸新時期的文學十餘年來經歷了三次主要思潮的洗禮。它們分別是：㈠政治反思思潮；㈡文化尋根思潮；㈢仿西方的現代主義思潮。

大陸新時期文學的反叛並不是一開始就自覺的，更不是以鄧小平爲首的中共領導集團所提倡與樂見的。新時期文學的反叛是一個不自覺的、漸進的、非人力可以主控的自然進程。它是在中共實行鄧小平的「改革開放」政策引進資本主義因素在文學上所必然導致的結果。當然，文學的反叛也遵循著文學自身運動發展的邏輯。

下面分別就大陸新時期文學中這三次主要的反叛思潮作一些申論。

在新時期早期，大陸文壇上先後湧現了幾波文學潮流，同時出現了幾類與之相應的文學作品，後來被批評家們稱爲「傷痕文學」、「大墻文學」、「知青文學」、「反思文學」、「改革文學」等等。在我看來，這幾種文學其實都是一種思潮的產物。我姑且借「反思文學」這個名字中的「反思」二字來稱呼這種思潮（雖然並不科學），前面再冠以「政治」二字，則是有鑒於這種反思的內容基本上是局限於政治方面的。

三、政治反思思潮

政治反思思潮是這樣的一種思潮：它是以共產黨及其遵奉的意識形態，即所謂馬列主義、毛澤東思想爲本位，來反省、批判中共過去（主要是從一九五七到一九六六的二十年）行爲的偏差。

鄧小平於一九七七年復出視事以後，就下決心要糾正毛澤東晚年路線的錯誤。在以他爲代表的中共新當權派看來，毛在一九五七年以後就執行了一條偏離馬列主義、毛澤東思想（鄧把毛澤東思想解釋爲中共的正確思想體系，是由毛澤東與中共一大批早期領袖，當然包括鄧自己在內，共同創造的，而非毛氏一人所獨有）的錯誤路線，用中共的詞彙來說，叫「極左路線」。經過三、四年的醞釀，終於在一九八一年六月二十七日中共十一屆六中全會上通過了《中國共產黨中央委員會關於建國以來黨的若干歷史問題的決議》，對一九五七年的反右運動、一九五八年的大躍進運動、人民公社化運動、一九五九年的黨內反右傾運動、一九六四年的四清運動及一九六六到一九七六年的十年文化大革命運動作了一個總批判。文壇上的反思思潮正是與此一過程互相呼應的。

傷痕文學興起最早，其高潮在一九七七至一九七九年間。傷痕文學因盧新華的短篇小說〈傷痕〉而得名，其共同特色是暴露文革的陰暗面，敍述中國人在那個堪稱民族浩劫的十年中所經歷的種種悲劇：人求爲人而不可得（如宗璞〈我是誰〉），人異化爲非人（如莫應豐的《將軍吟》），喪失起碼的人格與自尊（如馮驥才的《啊！》），人的命運無常而多舛（如鄭義的〈楓〉、金河的〈重逢〉）甚至釀成人倫悲劇（如孔捷生的《在小河那邊》），至於是非混淆、人妖顚倒、壞人當道、好人受氣則更是傷痕文學中常見的主題。

傷痕文學意在展示整個民族在十年文革中所蒙受的災難與創傷，涉及面廣及工農商學兵各個階層，某些描寫特定對象的作品於是便構成傷痕文學的分支，例如所謂「知青文學」與「大墻文學」。知青文學專寫知識青年在文革中下鄉上山的遭遇，大墻文學則專寫文革中發生在中共監獄中的故事，自然十之八九也都是悲劇，也都是「傷痕」。

傷痕文學是反省批判文革中的極左路線的，繼之而起的反思文學則探求本源，把批判的矛頭指向文革前的極左路線，展示這條路線在歷次政治運動中所造成的災難與悲劇。這裏有寫大躍進中的「浮誇風」的（如茹志鵑的〈剪輯錯了的故事〉），有寫大躍進之後的大饑荒的（如張一弓的〈犯人李銅鐘的故事〉），有寫反右運動中的悲劇的（如魯彥周的〈天雲山傳奇〉），有寫中共極左路線下知識分子的可憐處境的（如王蒙的〈雜色〉、諶容的〈人到中年〉），有寫農村極左路線給農民所帶來的災難的（如高曉聲的〈李順大造屋〉、古華的《芙蓉鎭》、葉蔚林的〈在沒有航標的河流上〉、張賢亮的〈邢老漢和他的狗〉），也有寫極左路線下中共幹部的人性異化及悲歡離合的（如王蒙的〈蝴蝶〉、韋君宜的〈洗禮〉、李國文的《冬天裏的春天》）。

很顯然，就反省批判極左路線而言，傷痕文學與反思文學是一致的，反思文學是傷痕文學的深入發展，傷痕文學也可以看作是最初的反思文學。

與反思文學大約同時流行的「改革文學」，以描寫改革與守舊的衝突、理想與現實的矛盾爲其主要內容，從本質上看，也仍舊是反思思潮的產物，與傷痕文學及反思文學有一脈相承之處。因爲與改革立於對立面的守舊勢力以及與改革理想格格不入的現實狀況，歸根結底，乃是過去的極左路線留下來的「遺產」，或爲人事的，或爲心理的，或爲事實的。

政治反思思潮是大陸文革後在思想界、文學界興起的第一股思潮，由於前階段的慣性及歷史條件的限制，它只能以共產黨及其意識形態爲本位，它未能脫出共產黨政治文化的範疇，語符系統也基本上是沿襲毛時代的。無論是在傷痕文學、知青文學、大墻文學、反思文學或改革文學的作品中，我們都找不到否定共產黨及其意識形態的東西，找不到直接批判毛澤東的詞語。但是相對於毛時代大陸文學一味的歌功頌德、粉飾太平，它仍然帶有雖然微弱、但卻明顯的反叛氣息。它至少認定在過去若干年裏，共產黨犯了錯誤，而且造成了很大的災難，並非都是那麼「偉大、光榮、正確」；社會主義社會仍然有悲劇，而且是很大的悲劇，並非光明普照，未見得是「人類歷史上最優越的社會制度」。因此，儘管反思思潮由於歷史條件的限制，不可能超越共產黨及其意識形態的本位，但在具體作品中，在其反思過程中，它必然要引導讀者超越這個本位。例如在高曉聲的〈李順大造屋〉這篇小說中，作者給我們敍述了一個勤勞本分的農民爲了造幾間瓦房，拼命幹活省吃儉用，但每到錢、材快要準備齊全的時候就被共產黨的一陣政治狂風一吹而空，最後竟在文革中被當成壞人關進了監獄。儘管〈李順大造屋〉的批判鋒芒表面上只是指向中共的極左路線，但是讀了這故事的讀者，恐怕很難不由此而思考整個共產黨和社會主義制度的問題。

總之，在反思思潮下產生的作品，雖然沒有擺脫共產黨政治文化的影響，本質上也還是爲政治服務的（爲改革開放的政治服務），但已不再是歌功頌德的宣傳品了，它已部分恢復了三十年代文學所具有的那種社會批判功能，爲新時期文學的反叛發出了第一個信息，也爲以後更大的反叛奠定了基礎。

四、文化尋根思潮

在一九八四年前後，大陸文壇出現了另一股思潮，它與反思思潮注重政治省思與批判截然不同，它關注的重點是文化——對民族文化傳統的回顧與對民族文化心理機制的解剖。論者或稱這股思潮爲尋根思潮，而把這一思潮下產生的文學作品稱爲尋根文學。這裏所謂的「根」指的是文學的根，尋根派認爲，文學的根應該深植於民族文化傳統的土壤裏，而不是栽在現實政治那一層表面的浮土裏。

這是一種自然的進展。人們在反思了十年文革的悲劇又進而反思了十七年（一九四九—一九六六）來愈演愈烈的極左路線所造成的災難以後，禁不住要尋根究底：「究竟是什麼東西使得我們這個民族會接受這樣的政治，這樣的路線？爲什麼十年文革這樣的浩劫會發生在我們這個國家？以後還會不會發生？爲什麼我們這個民族會產生毛澤東這樣的人物——不論你怎樣看他，好的或是壞的？」於是人們由政治的反思走向了文化的反思。同時，隨著改革與開放的向前進展，傳統與現代，東方文化與西方文化的矛盾與衝突日見激烈，也迫使人們不得不去思考與之相關的問題。一九八四年前後瀰漫於大陸思想界與學術界的「文化熱」正是在這種背景上產生的。而文學上的尋根思潮又是與思想界、學術界的「文化熱」互相呼應的。

尋根派作家從政治的熱點中退出來（或說透過去），把筆鋒切入政治背後的文化。他們或有意淡化故事的時間背景，在一種不確定性的敍述中表現一股萬古不變的傳統蒙昧（如韓少功的〈爸爸爸〉），或敍述過往年代的事情，與現在不發生關係（如馮驥才的〈神鞭〉、〈三寸金蓮〉），或專講窮鄉僻壤的風俗，所謂天高黃帝遠，現實政治影響不到，而古老的文化傳統與精神因而得以保存（如賈平凹的商州系列，鄭萬隆的《異鄉軼聞》系列，李杭育的葛川江系列，何立偉、韓少功寫湘楚文化的篇什等）。即使是發生在現在的故事，在尋根派作家的筆下，也會顯得頗有古意，讀來只覺得傳統之強而有力，現實政治的影響則甚爲微弱（例如阿城的〈棋王〉、王安憶的〈小鮑莊〉）。總之，尋根派作家似乎有意要撇開，至少是淡化現實政治。他們有意識地要跳出共產黨政治文化的框框，他們不甚看重甚至有意輕視共產黨三十多年的統治在中國留下的印跡，而試圖用自己的作品說明眞正維持這個民族生命、決定這個民族命運與性格的、暗中推動與導航這個民族之船的並不是表面上統治這個國家的共產黨及其意識型態，而是一種古老、強大、無所不在、滲入底層老百姓血液之中的傳統文化，包括儒家的仁義、道家的超脫、古老的巫術、民間的迷信等等。他們似乎是在用文學的形式證實民主鬥士方勵之的那句話：「中國的歷史是很長的，而共產黨在中國的時間很短，中國的大部分時間是沒有共產黨的。」

共產黨在佔領了大陸之後，宣稱自己建立了一個歷史上從來沒有過的嶄新的中國，他們竭力要中國人民忘記過去，傳統文化在他們看來都是應當加以消滅的「舊」，除了作批判的靶子以外別無用途，一切好的東西都是共產黨帶來的，都是共產黨教育的結果。尤其是毛澤東，更是擺出一副「始皇帝」的架式，一切自我作古，連孔夫子都要打倒。他所發動的文化大革命，就是要革除中華民族的文化傳統。現在尋根派的作家卻說，不對，你們這根本是狂妄的胡說，是對人民的欺騙。我們的民族之所以是現在這個樣子，我們的生存境況之所以是今天這個樣子，乃是幾千年文化積淀的結果，你們共產黨並沒有那樣大的影響。你們從前要文學作幫兇，幫你們撒謊吹牛，我們現在不幹了，我們現在要照我們看到的眞實情況寫，特別要寫出傳統型塑我們民族的偉力來。

中篇小說〈小鮑莊〉是一個很典型地表達尋根派作家這種意識的例子。作者王安憶在這篇小說中以一種既具象又象徵的筆法向我們展現了一個中國鄉村的生活境況，這裏有各種各樣的人，男人、女人、老人、小孩，他們活著、勞動著、怨嘆著、企望著、生老病死、平平凡凡、善良、淳樸、也愚昧得可以。故事發生在「社會主義的新中國」，但我們實在看不出共產黨對小鮑莊的人們有過如何了不起的影響。小鮑莊的人之所以成爲他們那個樣子，並不是什麼共產黨教育的結果，而是自古以來（作者特別在開頭以一種傳說神話般的不定語式告訴我們小鮑莊人是大禹的子孫）的傳統風氣、傳統觀念在不知不覺中陶鑄出來的。「小鮑莊的名聲可響哩，都知道這莊上人緣好，仁義。」「小鮑莊是個重仁重義的莊子，祖祖輩輩，不敬富不畏勢，就是敬重個仁義。」小說中有個並不重要的人物「孤老頭子鮑秉義」，小時候跟一個戲班子唱過戲，現在替村裏餵牛，小鮑莊的人「雖瞧不起他幹的那行當，可大人小孩都愛聽他唱，都叫他作唱古的。」一段曲兒能唱遍上下五千年的英雄豪傑。作者有意在小說中好幾次引用他那半通不通的、把神仙鬼怪、豪傑凡人都胡亂煮在一鍋的唱詞：

一字出馬一杆槍，韓信領兵去見霸王。
霸王逼在烏江死，韓信死在厲未央。
寫個二字兩條龍，王母娘娘顯神通。
花果高山擺下陣，水簾洞裏捉妖精。

寫一個三字三條街，陳世美求官未回來。
家裏撇下他的妻，懷報琵琶又上街。

……

也許作者想暗示我們，中國的文化，尤其是「小傳統」(little tradition) 中的文化，就是這樣雜七雜八地積淀而成的。它，造成了我們這個民族，造成了小鮑莊。但是中共卻喜歡貪天之功以爲己有，只要這裏出了一個好人，一件好事，他們就要用他們的一套詮釋方法與語符系統把這個好人好事說成是革命意識的產物，是共產黨、新社會教育的結果。例如小鮑莊有一個天性非常「仁義」的小孩鮑仁平，小名撈渣，他跟一個沒有子孫的老頭鮑五爺很要好，在一場大水中他爲了救鮑五爺而犧牲了自己。共產黨的宣傳機器立刻找上門來：

過了兩個月，收畢麥子。小鮑莊又來了一輛吉普車，下了三個人。一個是縣文化館的老王，一個是個小妞，穿著連身裙，另一個是個男的，有四十來歲。他們一起步入了鮑彥山的家。這是從省裡來的省報記者。省裡決定，要大力宣傳撈渣。
鮑彥山比上回鎭定多了，握過手，請客人坐下。然後把撈渣犧牲的前後經過講了一遍。

不免要傷心，掉眼淚。

「鮑仁平生平最尊敬的是哪一位英雄人物？」那女的問道。

鮑彥山有點不太明白，可究竟不好意思叫人再三的解釋，便點點頭，想了一會兒說：撈渣對大人小孩都很尊敬的，見了老人總問好：「吃過了嗎？」和小孩兒呢，從不打架磨牙。

那女的便在筆記本上刷刷的記了一陣，又問：「他這樣作，是受了誰的影響呢？」

鮑彥山又想了一會兒：「我和他娘打小就對他說，見了人要說話，要招呼，比你年長的人，萬不可不理會。比你小的呢，要讓著，這才是好孩子。咱這莊上哩，自古是講究仁義，一家有事大家幫，方圓幾十里都知道。這孩子，就是受了這個影響。」

那女的又在筆記本上刷刷的記了一陣。又抬頭問道：「他照顧鮑五爺，是不是學校安排的任務？」

「不是。他就是對鮑五爺好，他倆有緣分呢！說實在的，鮑五爺也對他好，兩好才能合一好呢！」鮑彥山說。

那男的開口了：「鮑仁平生前用過的書包，能讓我們看看嗎？」

「全燒了。」鮑彥山說：「此地的規矩，少年鬼的東西不留家，統統燒的燒，埋的埋。」

「他有沒有照片呢？」他又問道。

「沒有，他沒照過照片。」

「哦。」那男的好像吸了一口氣。

「這孩子命苦，沒吃過一餐好茶飯。」鮑彥山眼圈又紅了，指指屋裡的糧食囤，「能吃飽了，他又不在了。」他哽咽起來，再也說不下去。

「我們再去找拾來同志談談。」他們站起身來，告辭了。

鮑彥山站在門口，目送他們走去，心裡淒然地想：撈渣這孩子，活著雖不怎的，可死了，有這麼些人來問他，也算是有了福分。心下不覺安慰了一些。

在前引這段文章中，我們不難感到作者的諷刺態度。同樣的諷刺也出現在關於「老革命鮑彥榮」的一段描寫裡：

鮑仁文纏定了老革命鮑彥榮，要了解他的生平，以著成一部長篇小說。題目已經起定，就叫作《鮑山兒女英雄傳》。老革命這一生儘管有過幾日崢嶸歲月：跟著陳毅的隊伍打了好幾個戰役，可謂是九死一生，眼下每月還從民政局領取幾元津貼，可他極不善於總結自己，也一無自我榮耀的欲望。他關心的最是一家六、七張口，如何塡得滿。見了鮑仁文成天拿了個本本問那早已作了古的事，而且問了一遍又一遍，心下早已煩了。想起身而去，又經不住鮑仁文煙卷的籠絡。十分的折磨。

「我大爺，打孟良崮時，你們班長犧牲了，你老自覺代替班長，領著戰士衝鋒，當時你老心裡怎麼想的？」鮑仁文問道。

「屁也沒想。」鮑彥榮回答道。

「你老再回憶回憶，當時究竟怎麼想的？」鮑仁文掩飾住失望的表情，問道。

鮑彥榮深深地吸著煙卷：「沒得功夫想。腦袋都叫打昏了，沒什麼想頭。」

「那主動擔起班長的職責，英勇殺敵的動機是什麼？」鮑仁文換了一種方式問。

「動機？」鮑彥榮聽不明白了。

「就是你老當時究竟是爲什麼，才這樣勇敢！是因爲對反動派的仇恨，還是爲了家鄉人民的解放……」鮑仁文啓發著。

「哦，動機。」他好像懂了，「沒什麼動機，殺紅了眼。打完仗下來，看到狗，我都要踢一脚，踢得它嗷嗷的。我平日裡殺隻雞都下不了手，你大知道我。」（按：「你大」即「你爹」，大陸北方方言）

這段文字眞叫人讀了啞然失笑。於是，我們恍然明白了：中共的「英雄」大抵都是這樣「塑造」出來的，中共的「文學」也大抵都是這樣編出來的。

尋根文學在張揚民族文化傳統的同時，嘲笑了共產黨的妄自托大，也嘲笑了共產黨「文學爲政治服務」的原則。正是在這裏，我們看到了尋根思潮的強烈的反叛色彩。

值得注意的是，尋根文學不僅在內容上跳出了共產黨政治的漩渦，而且在語言、結構、風格上也極力擺脫中共宣傳文學的窠臼，力求恢復文學的傳統審美品質與審美意趣。尋根思潮是大陸新時期文學拋棄中共「工具論」，恢復文學主體意識的重要標誌。

五、仿西方的現代主義思潮

差不多在尋根思潮興起的同時，另一股強有力的思潮也在大陸上流行起來，大有與尋根文學分庭抗禮之勢，這就是現代主義思潮。從某一個角度來看，現代主義思潮與尋根思潮的走向正相反對，後者是向民族文化傳統回歸，而前者卻似乎是更加遠離這個傳統。

不可否認，現代主義是一種舶來品。它本來是指在第一世界大戰時興起，在第二次世界大戰後盛極一時的，流行於歐美知識分子中，特別是文學、藝術界的一種思潮。它本質上是置身於政治、經濟大動蕩時代西方知識分子精神危機及精神探求的產物，也是西方文藝復興以來的現代化運動進行到一定階段後必然導致的結果。隨著舊的威權系統（宗教、道德、傳統價值）的崩解，人一方面獲得了自由，一方面也由於價值系統的虛空而變得無可依傍、沒有歸宿。而兩次世界大戰的噩夢把世界的荒謬、生活的恐怖以及人類的毫無保障的生存處境更加突顯出來。現代主義在哲學、文學、藝術上所表現出來的那種惶惑、恐懼、疏離、異化、躁動不安、無所執著、怪誕、荒謬、痛苦、絕望、非理性等等情緒正是西方知識分子在精神失重的狀況下面臨外部災難時的慌亂、掙扎以及尋找出路的努力。

中國知識分子在擺脫封建皇權專制之後，還沒有喘過氣來，就又重新被壓在共產黨和毛澤東的五指山下，他們既不知道自由的滋味，也不懂得精神失重的惶惑。所以，現代主義不僅因爲共產黨的禁止而未在中國流行，而且也因爲中國根本就沒有現代主義寄生的土壤。但是經過文革十年浩劫，又經過幾年來與改革開放相伴而行的自由化之後，中國知識界也大體具備了西方兩次世界大戰之後的經驗，所以當現代主義思潮伴隨著西方的科學技術一起被「開放」進中國大陸以後，很快引起中國知識分子的好奇與共鳴，並且在自己的文學藝術作品中加以倣效，也就是一種自然的現象了。

現代主義思潮在文學上表現爲林林總總的許多流派，諸如象徵主義、印象主義、表現主義、未來主義、意象主義、超現實主義、結構主義、意識流、存在主義、先鋒派、荒誕派、黑色幽默、心理分析派等等。在大陸新時期文學作品中，最早表現出現代主義影響的是意識流小說技巧的運用，率先實驗者是著名作家、後來一度作過文化部長的王蒙。他在一九八○年前後連續創作了《夜的眼》、《春之聲》、《風箏飄帶》、《海的夢》、《蝴蝶》、《布禮》等六篇小說，有意打破以故事情節爲小說基本結構手段的傳統習慣，而改採以人物的心理、意識、感受爲結構小說的主要手段。與此相適應的是以「心理時空」代替「客觀時空」，即以意識流動的順序來代替事物發展的眞實時空順序。一時議論紛紛，反對者也有，而欣賞者更多，隨後就有一大批模倣者繼起，如張潔的〈愛，是不能忘記的〉、張辛欣的〈在同一地平線上〉、李陀的〈七奶奶〉、陳建功的〈鬈毛〉、諶容的〈人到中年〉、張承志的〈黃昏 Rock〉都有意使用了意識流的技巧。意識流這一現代主義表現手法很快就爲大陸文壇所接受了。

同時，經歷了十年文革的中國知識分子也痛感到生活的荒謬，在人異化爲非人的經驗中找到了與西方現代主義者在內在精神上的契合點。女作家宗璞一九七九年發表的短篇小說〈我是誰〉，描寫一個女教師在文化大革命中遭到批鬥，被指爲「牛鬼蛇神」，結果這位女教師幻覺自己成爲青面獠牙的「牛鬼」和貼地蠕動的「蛇神」，終至精神崩潰，投湖自殺。我們無疑會在這裏看到卡夫卡、加繆、薩達特等人的影子。

但是，現代主義作爲一個整體哲學思潮（而不只是片斷情緒）連同它的審美追求（而不只是一兩種表現技巧）在中國大陸大行其道則要到一九八五年以後了。這一年女作家劉索拉發表了她的處女作〈你別無選擇〉。小說描寫一群音樂學院的學生，這些人一方面才華橫溢，蔑視傳統，一方面又表現得像一群神經病患者，集頹喪、瘋狂、怪癖、荒唐於一身。這篇小說表現出一種中國人前此很不熟悉的人物類型、社會心理、語言方式與審美趣味，它離中國傳統——包括中國文化的固有傳統與中共幾十年形成的革命傳統——相距很遠，倒是與西方的《二十二條軍規》、《麥田捕手》之類的作品所表現的味道很接近。有人說它是「中國第一部眞正具有現代意識的現代人創作出來的現代派小說」（李澤厚語），不是沒有道理的。

〈你別無選擇〉在大陸文壇上掀起了一股模仿西方現代主義文學的熱潮，一時怪作叢出，奇彩紛呈。有的跡近嘻皮，以一種玩世不恭、嘻笑怒罵的態度，用市井之腔、調侃之調，表示對一切傳統的、因襲的價值觀念、行爲準則、精神權威的輕蔑、反抗與不合作。例如徐星的〈無主題變奏〉、王朔的〈輪迴〉、〈頑主〉、〈浮出海面〉、〈一點正經沒有〉，陳染的《世紀病》、陳林的〈少男少女，一共七個〉、方方的〈白霧〉、多多的〈最後一曲〉、甘明太的〈梗概〉等，小說中的人物堪稱「有中國特色的垮掉的一代」。有的則以一種近乎殘酷的肆無忌憚來展示生命的病態、腐朽、陰暗、卑微與無望，例如殘雪的一系列作品，特別是〈蒼老的浮雲〉、〈黃泥街〉，余華的〈現實一種〉、〈世事如煙〉，讀來有「世紀末」之感。有的作品突顯現代中國人生存的困窘、現實的荒謬與錯亂，充滿了「黑色的幽默」，例如宗璞的〈泥沼中的頭顱〉、王蒙的〈來勁〉、林斤瀾的〈催眠〉、唐敏的〈太姥山妖氛〉、蘇童的〈水神誕生〉、孫甘露的〈我是少年酒罈子〉、馬原的〈塗滿古怪圖案的牆壁〉、格非的〈褐色鳥群〉、徐曉鶴的〈標本〉等，其中很明顯地看得出存在主義哲學的影響。還有一部分則顯然從中南美洲作家們（例如馬奎斯）那裏得到靈感，創作了一系列有「魔幻現實主義」色彩的作品，如莫言的〈紅高粱〉、〈透明的紅蘿蔔〉、〈球狀閃電〉，扎西達娃的〈繫在皮繩扣上的魂〉、〈世紀之邀〉、〈西藏：神秘歲月〉，蘇童的〈罌粟之家〉、〈一九三四年的逃亡〉，馬原的〈虛構〉、〈西海的無帆船〉、〈岡底斯的誘惑〉等。這些小說時空倒錯、眞幻交織、生死相通、美醜雜揉，讀來有一種神秘的誘惑，艱澀的愉悅。

這一大批在西方現代主義思潮影響下產生的光怪陸離的小說，使中國讀者大開眼界，它不僅與中共數十年來所提倡的革命現實主義的創作原則背道而馳，也同二、三、四十年代中國新文學的傳統大異其趣。它固然遠遠超過了這以前的中共文學作品，也跳出了五四以來新的小說的傳統窠臼，成爲一種更新的新小說。評論家們紛紛以「探索小說」、「新潮小說」、「先鋒小說」、「實驗小說」、「先鋒實驗小說」來稱呼它們，也就是著眼於此點。但是它們並不完美，並不盡如人意。缺點之一是模仿的痕跡太明顯，有的甚至很拙劣，處處露出生澀、粗糙、不自然、不成熟來。缺點之二是太著重於手法上的推陳，卻忽視了主題上的出新，變來變去很快就有些技窮了，讀者始則由新奇而興奮，不久就感到厭倦與失望。缺點之三，也是這批仿西方現代主義作品的最根本的弱點，是它們畢竟離開中國讀者的傳統欣賞趣味有一段相當的距離，有些作品的故作怪奇更加深了讀者閱讀時的困難與不快，所以對現代主義真正熱心的始終只是作家圈中一部分的人，大多數讀者似乎並不怎樣喝采。

且讓我們從幾篇頗有名氣的新潮小說中摘幾段來看看：

孟野已經迫於女朋友愛情的壓力和她偷偷結了婚，但他拒絕把音樂的位置和妻子顚倒過來。音樂就是音樂。沒有音樂他就不存在，沒妻子他照樣存在。這是他的想法，女作家寫了五篇短文申明女性的重要地位仍沒有把孟野的想法給顚倒過來。在妻子寫控告信之前，他已經練習倒著走和她散步，這樣可以少聽幾句「空惹啼痕」之類的詩詞。結果有一天他無意中漏出一句：「有人說我的音樂中缺少昇華。」「誰說的？」「懵懂。」孟野這句話剛一落地，女作家就傷心地尖叫了一聲，拿起一把剪刀向他衝過來。他們是住在妻子父母家，房間很小，孟野無處躲閃，只能緊貼牆角站著。

（劉索拉：〈你別無選擇〉，一九八五）

「你一定特想和你媽媽結婚吧？」

「不不，和我媽媽結婚的是我爸爸，我不可能在我爸爸和我媽結婚前先和我媽媽結婚，錯不開。」

「我不是說你和你媽結了婚，那不成體統，誰也不能和自個的媽結婚，近親。我是說你想和你媽結婚可是結不成因爲有你爸除非你爸被閹了但就是你爸被閹了也無濟於事因爲有倫理道德所以你痛苦你看誰都看不上只想和你媽結婚可是結不成因爲有你爸怎麼又說回來了我也說不明白了反正就是這麼回事人家外國語錄上說過你挑對象其實就是挑你媽。」

（王朔：〈頑主〉，一九八七）

您可以將我們的小說的主人公叫做向明，或者項銘、響鳴、香茗、鄉名、湘冥、祥命或者向明向銘向鳴向茗向名向冥向命……以此類推。三天以前，也就是五天以前一年以前兩個月以後，他也就是她它得了頸椎病也就是胸椎病、齲齒病、拉痢疾、白癜風、乳腺癌也就是身體健康益壽延年什麼病也沒有。十一月四十二號也就是十四月十一、二號突發旋轉性暈眩，然後照了片子做了B超腦電流圖腦血流圖確診。然後掛不上號找不著熟人也就沒看病也就不暈了也就打球了游泳了喝酒了做報告了看電視連續劇了也就根本沒有什麼頸椎病乾脆說就是沒有頸椎了。親友們同事們對立面們都說什也沒說你這麼年輕你這麼大歲數你這麼結實你這麼衰弱哪能會有哪能沒有病去！說得他她它哈哈大笑嗚嗚大哭哼哼嗯嗯默不做聲。

（王蒙：〈來勁〉，一九八七）

「寫什麼不知道？」安佳（「我」的妻子）捋捋頭髮，在我的旁邊坐下，看著我，「就寫你最熟悉的吧。」

「我熟悉的就是三個飽兩個倒吊膀子搓麻將。」

「那不是挺好的麼，當反面教材。」

「可社會責任感呢？哪裡去了？我是作家了，我得比別人高，教別人好，人民都看著我呢。」

「依著你，教點人民什麼好呢？怎麼過日子？這不用教吧？」

「得教！告訴人民光自個日子過好了不算本事，讓政府的日子好過了那才是好樣兒的。譬如吧，政府揭不開鍋了你一天三頓贊助出一頓行不行？街上有壞人政府的警察管不過來你捨身取義成不成？得跟人民講清楚，現在當務之急是讓政府把日子過下去。你想啊，二億多文盲，五千多萬殘疾人……容易麼？大家伸把手……」

（王朔：〈一點正經沒有〉，一九八八）

司機經常在接生婆的夢中出現，但是那天晚上沒有來到她的夢裡。在夕陽西下炊煙四起的時候，接生婆的視野裡出現了一片永久的黑暗。接生婆的死去，堵塞了司機回家的路。

但是那天晚上，2的夢裡走來了司機。那時候2正站在那條小路上，就是曾經被一片閃爍掩蓋過的小路。2看到司機心事重重地朝他走來。司機的手正插在口袋裡，似乎在尋找什麼，或者只是插插而已。

司機走到他面前，愁眉苦臉地告訴他：我想娶個媳婦。

2發現司機右邊的脖子上有一道長長的創口，血在裡面流動卻並不溢出。

2問他：是不是缺錢沒法娶？

司機搖搖頭，司機的頭搖動時，2看到那創口裡的血在蕩來蕩去。

司機告訴他：還沒找到合適的人。

2問司機：是不是需要我幫助？

司機點點頭說：正是這樣。

此後每日深夜來臨，2便要和司機在這條小路上發生一次類似的對話。司機的屢屢出現，破壞了2原有的生活，使2在白天的時候眼前總有一隻蜘蛛在爬動。這種情形持續了多日，直到這一日2聽說6的女兒死在江邊的消息時，他才找到一條逃出司機圍困的路。

（余華：〈世事如煙〉，一九八八）

人們沒見著少爺，圍著村長卑下地詢問。他抱著嬰兒，結結巴巴將信差的話重複了一遍。自離開聖城踏上漫漫的流放路上，少爺桑堆・加央班丹一路上長吁短嘆，常常暗自流淚，自言自語嘆息著人世無常，如果當初沒有降臨到這個人世上該多好；如果眼前發生的一切只是場夢該多好。後來他形容憔悴，先是身體出現了某些變化，慢慢地在往小裡縮，臉上呈現出稚氣，由穩健持重變得調皮淘氣起來，像個十幾歲的孩子，路上一會兒嚷著餓了，一會兒喊道成天騎馬屁股痛，一會兒哭著想家。就這樣他一路上越走越小成了兒童，再往後走又成了剛會走路的孩子，直到最後成爲嬰兒再也沒法騎在馬上，信差只好將他揣進自己懷裡，這孩子把三個負責押送的人折騰得叫苦連天。據信差的觀察和推斷，這小傢伙還會繼續往小裡縮，直到縮成一個胎兒最後有可能鑽進一個女人的肚子裡再也不出來了。這一來嚇得村裡所有的女人們個個打顫，紛紛夾緊了大腿生怕會鑽進自己的肚子裡。

（扎西達娃：〈世紀之邀〉，一九八八）

這些小說無論在其所描寫的人物、所表現的情緒及所使用的語言與技巧上，都力求怪異、新奇、它們之反傳統——反中共傳統、反三十年代傳統，甚至反一切文學傳統——是一目了然的。然而也唯其如此，它們之不能引起大多數讀者的興趣，甚至也不能維持少數愛護者的持久的興趣也就是必然的了。

但是，這一股仿西方的現代主義思潮及其作品對大陸新時期文學的發展有偉大的貢獻卻又是不容否認的。對於中共在毛澤東時期確立的文學原則，它的反叛與顚覆最全面、最徹底。

它對人的本性及現代中國人的生存處境的大膽逼視與赤裸表白已經完全徹底地消解了由中共數十年來刻意塑造、以馬列毛主義意識形態嚴密包裝的政治神話與英雄神話，它在表現手法及語言運用上的離經叛道與肆無忌憚又完全徹底地解構了大陸文壇數十年來形成的千人一面的革命八股與宣傳腔調（李陀稱之爲「毛文體」）。經過現代主義的洗禮以後，中國大陸的文學已經走上了反叛的不歸路。此後如果有人再要提倡什麼「文學必須從屬於政治」、「文學必須爲工農兵服務」、「堅持革命現實主義與革命浪漫主義相結合的創作原則」、「塑造典型環境中的典型性格」等等，人們將不僅嗤之以鼻，斥爲保守頑固，簡直會視爲隔世夢囈，以爲提倡者是在發神經病了。

附記：這是作者民國八十二年六月在台北舉行的「中國現代文學教學與研究國際研討會」上宣讀的論文。文中所論之三股文學思潮都與理論與批評有關，故附錄於此，以便讀者參照。

〔附錄二〕王蒙的藝術革新與中國文學的現代化

(一)

一九七九—一九八一年間，小說家王蒙發表了一系列引人注目的新作❶，計有〈布禮〉（《當代》一九七九年第三期）、〈夜的眼〉（《光明日報》一九七九年十月二十一日）、〈風箏飄帶〉（《北京文藝》一九八〇年第五期）、〈蝴蝶〉（《十月》一九八〇年第四期）、〈春之聲〉（《人

❶ 本文稱王蒙那些旨在創新之作爲「新作」，即文中所列的八篇，而非泛指王蒙新近發表的作品。

民文學》一九八〇年第五期)、〈海的夢〉(《上海文學》一九八〇年第六期)、〈深的湖〉(《人民文學》一九八一年第五期)、〈雜色〉(《收穫》一九八一年第三期)。這些作品的藝術風格不僅與王蒙過去的作品相比面目全非，也與幾十年來(尤其是一九四九年以來)的中國現代小說的傳統大異其趣，以至在廣大的讀者群、作者群和評論家群中引起了一陣不大不小的騷動。贊賞者、喝采者、著文支持者有，批評者、不滿者、擔心者亦不乏其人。在一九八三年清除精神污染的運動中，王蒙並沒有受到衝擊，反而榮升中共中央後補委員。但他的創新嘗試卻似乎暫告一段落，「王蒙熱」的喝采者們也聰明地停止拍手鼓掌。以後會不會有人繼起探索，或者春溫再暖之後，王蒙自己在做官之餘，會不會重作馮婦，這些，都是未可料的事。但我想，此時就王蒙的藝術創新及其意義和影響作一點力求客觀(雖然未必)的分析，或許對中國當代文學的發展不無芻蕘之益。

(二)

王蒙這一批「標新立異、另闢蹊徑、花樣翻新」❷的作品在藝術手法上之迥別於一般中國現代小說的地方，主要表現在如下八個方面。

第一，打破小說必須塑造典型性格的教條。王蒙的某些新作只寫人物的主觀感受、心理狀態，或一種情緒、一點意念等等，而不著重人物性格的塑造。例如《夜的眼》、《春之聲》、《海的夢》、《雜色》，這些作品中的人物往往沒有完整明晰的性格，作者也根本不以塑造完整明晰的人物性格作爲自己追求的目標。王蒙自己曾經說過：「我們缺少那種一個鏡頭、一個片斷、一點情緒、一點抒發、一個側面的小說；一聲吶喊，也可以組成一篇小說。」❸又說，「通過細節刻劃人物性格，這很好，它爲文學畫廊提供了一幅幅栩栩如生的人物造象。略過外在的細節寫心理、寫感情、寫聯想和想像、寫意識活動，也沒有什麼不好。後者提供的不是圖畫，而更像樂曲。它能探索人的心靈，它提供的是旋律和節奏。」❹看來，王蒙的某些新作正是這種思想的實踐。

第二，打破寫小說一定要寫故事的傳統習慣。王蒙的某些新作沒有完整的故事，或只有情節極簡單的故事。這些作品的意念性明顯重於敍事性。例如《春之聲》、《海的夢》根本沒有什麼故事；《風箏飄帶》、《深的湖》、《雜色》雖有故事，也很簡單。如果我們要拿故事的

---

❷ 王蒙語，見〈短篇小說創作三題〉，《北京文藝》一九八〇年第四期，第七五頁。

❸ 同❷。

❹ 見〈對一些文學觀念的探討〉，《文藝報》一九八〇年第九期，第四八頁。

發生、發展、高潮、結局或矛盾的產生、發展、激化、解決之類的老八股去套，就未免要大失所望了。

第二點是同第一點緊密相關的。傳統小說以塑造典型性格爲職志，則作爲「性格發展的歷史」的故事情節必然在小說中佔著極爲重要的地位；王蒙既不以塑造完整明晰的人物性格爲自己追求的目標，則故事情節在他的小說中自然就退居次要的地位了。

第三，打破以故事情節爲小說的基本結構手段的傳統習慣，而代之以人物的心理、意識、感受爲結構小說的主要手段。

這跟上面兩點既有關聯，又有區別。一方面，王蒙新作中那些不以塑造明晰完整的人物性格爲目標，因而故事情節也就退居次要地位的小說自然就不適宜（有時甚至不可能）以故事情節爲基本結構手段，而要代之以人物的心理意識、感受爲其主要結構手段；另一方面，即使王蒙新作中那些塑造了典型人物且不乏豐富曲折的故事情節的作品也不以其故事情節爲結構手段，而改採心理、意識爲結構手段。例如《蝴蝶》，如果按傳統寫法，一定會以張思遠的命運的前後曲折的變化爲線索來組織，但王蒙卻以張思遠到原先下放的鄉村「找魂」之後回到部長官邸，坐在沙發上的思索、回憶來組織。在這裏，賴以結構全篇的主要手段不再是故事情節的推移進展，而是人物意識的流動波躍。

與此相應的，王蒙這類新作的結構便不再是傳統小說的隨著故事的展開而出現的單線式或複線式，而是藉著意識的流動隨機觸發，八面開花，是一種「放射性結構」❺。

第四，打破寫人主要寫動作、語言、表情（有時輔以簡單的心理描寫），即人的社會行爲的傳統習慣，而以大量的甚至通篇的意識描寫來代替。也就是說，傳統的小說作者主要是從外部來寫人，而王蒙的新作主要從內部來寫人。當然，內部描寫的分量各篇不盡相同，分量很重的如《蝴蝶》，一半對一半的如《雜色》，一九八二年發表的《相見時難》中雖也有若干意識描寫，所佔的比例則很小。

當我們讀一般現代小說時，對小說中人物的感受同我們平時在生活中觀察周圍的人物是取同一方式，即使「全能」的作者有時展現一點人物的內心世界給我們看，那也僅和我們有時會揣度他人的心理的情形差不多。王蒙的這一類新作卻讓我們鑽到一個人的內心裏去，追蹤他的意識流動，或聽取他的內心獨白。我們不再只是隨著作者的指引來「觀察」他，而是自己變成了「他」。這情形有點像一個人有意地省察自己的內心——所謂「反思」——時的情形相似。這種寫法對於現時教育和文化水準不夠的一般大眾而言，或許是稍嫌精緻了一些，

---

❺ 王蒙語，見〈對一些文學觀念的探討〉，《文藝報》一九八〇年第九期，第四九頁。

但對知識分子，對文化教育程度逐步增高的讀者群，卻是有吸引力的。

第五，打破傳統小說中通常的時空順序（即順序時間與連續空間），而以頻繁分切的手法將不連續的時空或重疊、或交錯、或前後顚倒地銜接起來。而這種重疊、交錯、前後顚倒並不是任意的，而是遵從人物意識流動的次序而安排的。爲方便起見，我們不妨把傳統小說中的時空順序稱爲「客觀時空」，而把王蒙新作中的時空順序稱爲「心理時空」。以「心理時空」取代「客觀時空」的手法在《蝴蝶》和《布禮》兩個中篇中表現得最爲明顯。

這樣的作品不按照客觀的時間次序（包括順敍、倒敍、插敍等等傳統手法）來描摹事件的進程，而是按照心理的次序來追蹤人物的思想、意識和情感的變動；不是人物的思想情感在事件的進行中表露出來，而是事件在思想情感的變動中逐漸顯現出它的輪廓。正因爲如此，這種輪廓的勾繪常常是東一筆、西一筆、前一筆、後一筆。習慣於傳統技法的中國讀者也許會感到不易接受。但這種東一筆、西一筆、前一筆、後一筆的勾畫決不是雜亂無章、決不是信手塗抹，它是在嚴格設計好的基礎上著筆的。換句話說，作者在下筆之前，早已成竹在胸，何處添枝，何處著葉，絲毫都不含糊。這事實上要求作者有更強的形象思維能力、更周密的構思、更高的語言技巧，當然還要、或說首先要有對生活、對人物的更深的透視。這種寫法並不只是新穎而已，並不只是爲了造成一種恍惝迷離或光怪陸離的藝術效果，它是生活濃縮、思想感情濃縮之後在紙面上的一種恰當的、經濟的表現形式。

第六，打破主題應當單一、集中的教條。王蒙的新作常常呈現出一種「多主題」的面貌。傳統現實主義以按生活的本來面目反映生活爲基本原則，但在集中、概括、典型化的過程中，往往把生活的「水分」擠掉了，把一些不該刪節的東西也刪節了。尤其是當現實主義爲強烈的意識型態偏見（例如所謂「革命的現實主義」、「社會主義現實主義」）所左右的時候，在表現生活的本質、主流的口號下，以意識型態的教條來改造生活、扭曲生活，結果在所謂現實主義的作品中，生活往往只剩下一堆枯躁、單調、變了形的「甘蔗渣」。而毛澤東提倡的所謂「革命的浪漫主義與革命的現實主義相結合」的創作「原則」，則更是進一步把不合我口味的東西當作「非本質、非主流」的東西加以淘汰，而把爲我所需（即「爲無產階級政治服務」）的東西往「高、大、全」的方向拼命「浪漫」。如此一「提」一「煉」的結果，文學已不復是生活本身的反映，而只是某種意識型態的教條和「最高指示」的圖解。現在王蒙明確提出文學作品的「思想應該深刻、豐富、崇高，但不應要求一定多麼集中、單一」，「應該更耐咀嚼一些，包含的思想可以更含蓄、更立體化、更具有多義性一些」，他反對那種「要求主題是一個簡單、明瞭的政治——經濟學命題」的傳統（中共文學理論中不成文的傳統）觀念，而希望自己的作品成爲「運用一切配器和聲的交響曲」❻。他的新作的確大都具有這種含蓄、耐咀嚼、主題不單一的特色，其中尤以《夜的眼》、《風箏飄帶》、《深的湖》、《雜色》等篇最爲突出。應當說，這在中共的文學理論與實踐中都是具有革命性意義的。

第七，打破傳統小說筆法中「如實描寫」的習慣，而參以象徵、誇誕、幻想、扭曲等手法。或者換一種說法，傳統小說一般是強調按照事物的本來的樣子加以「再現」，王蒙則常常是按照自己所感受的（或小說中人物所感受的）樣子來「表現」事物，雖然他也不廢棄「再現」的手法。

第八，與此相聯繫的是王蒙在他的某些新作中，嘗試著不只是用傳統的小說筆法寫小說，而參用寫詩、寫散文、雜文、寫隨感、寫童話、寫幽默小品，乃至寫相聲的筆法來寫小說，給人一種變幻化奇詭、收放自如、才華橫溢、多姿多采的印象。這種特色在《夜的眼》、《春之聲》、《海的夢》、《風箏飄帶》、《布禮》、《蝴蝶》等篇中都可看到，尤以一九八一年發表的《深的湖》《雜色》兩篇表現得最爲明顯。

---

❻ 見〈對一些文學觀念的探討〉，《文藝報》一九八〇年第九期，第四九頁；〈我在尋找什麼？〉，《文藝報》一九八〇年第十期，第四四頁。

(三)

對於王蒙的這些離經叛道的藝術創新，我是屬於喝采派的。且不說這些作品在多大程度上是成功的，它們至少以自己的出現向人們昭示了：小說也可以這樣寫！僅此一端，對於一向被「一元化」領導著的中國作者和讀者來說，就是一個極有價值的富於誘惑力的啓示。在毛澤東文藝理論的統治下，中國文壇從來都是一花獨放的，所謂「百花齊放」不過是一句粉飾昇平的訣詞，或者乾脆是一個「引蛇出洞」的陷阱。不要說思想，決不允許別家爭鳴，就是創作方法，也只有一個：「革命的現實主義和革命的浪漫主義相結合」——其眞正的含義就是按照當權者及其政治（「革命」）的需要有選擇地描寫出（「現實主義」）或編造出（「浪漫主義」）合乎規格的人物及故事。

王蒙的作品雖然在思想上還是守著「只此一家、別無分店」的舊藩籬（這一點下文還要談到），但在藝術上的確給人一種向著「多元化」的方向邁進的強烈印象。而「多元化」不但是一個現代化國家在政治、經濟、文化各方面的特徵，也是一個現代文學在思想上、藝術上所應具備的特色。同時，王蒙創作中如前節所述的那些背離傳統的傾向有一個共同的靈魂，即作家在創作中由人物之外走向人物之內，由注重外在的客觀世界的描繪走到注重內在的主觀世界的揭示，這也是世界現代文學藝術的總趨向。

前述王蒙藝術創新的幾個方面有西方現代派，尤其是意識流派影響的明顯痕跡。王蒙自己也說過：「現代派的手法不是簡單地一罵可以了之的。」「我是借鑒了一些手法。」同時尚有其他作家也在作同樣的嘗試，例如茹志鵑的《剪輯錯了的故事》、李國文的《月食》都使用了意識流手法。在詩歌界裏，更有一大批號稱「現代派」的詩人「崛起」，顧城、舒婷、北島、揚煉是這一派的代表詩人。這一派還有相當可觀的理論，謝冕的〈在新的崛起面前〉❼、孫紹振的〈新的美學原則在崛起〉❽和徐敬亞的〈崛起的詩群〉❾是其代表作。他們提倡諸如「朦朧詩」之類的帶強烈現代色彩、不盲從傳統的新詩，他們號召表現「自我」，「不屑於作時代精神的號筒」，從而對傳統的美學觀念「表現出一種不馴服的姿態」❿。「現代派」的作品及其理論顯然同目前西方文學的思潮相當接近。

❼ 載《光明日報》一九八〇年五月七日。
❽ 載《詩刊》一九八一年第三期。
❾ 載《當代文藝思潮》一九八三年第一期，蘭州出版。
❿ 見孫紹振〈新的美學原則在崛起〉。

(四)

一九八三年九、十月間，中共中央的某些領導人發起了一場「清除精神汚染」的運動。雖然這場討伐戰不到半年就已經結束，但在剛剛開始的時候，卻是「山雨欲來風滿樓」，大有第二次「反右」的洶洶之勢。不僅那些在思想上對「四個堅持」持異議的作家（諸如主張「干預生活」的劉賓雁、白樺、王若望，主張「文藝應對現實生活中的異化提出抗議和批評」的王若水、周揚，用自己的作品提倡人性、人道主義的戴厚英、遇羅錦、禮平、張笑天、張辛欣，主張「個人奮鬥」的劉曉慶等等）受到批判，即使只在美學原則、表現手法上離經叛道的「現代派」詩歌及其理論也遭到猛烈圍剿。

但是，王蒙卻安然無恙。他在小說技巧上的革新也沒有受到什麼非難。雖然也有人說他的作品「艱澀難懂」、「不知所云」、「脫離群衆」，甚至說他的《風箏飄帶》表現了「幻滅者的微末的悲涼」⓫，但畢竟都不是官方的意見。他獲得的讚揚之聲遠多於批評。

⓫ 見計永佑〈幻滅者的微末的悲涼——評風箏飄帶〉，《北京日報》一九八〇年八月七日。

原因安在？

一九七六年四人幫倒台以後，中國再次從關閉自守的噩夢中驚醒，再一次面對世界而不得不承認毛澤東式的共產主義並沒有帶來國家的復興，於是「向西方學習」的重要性再一次被意識到。雖然共產黨領導階層不願意也不可能公開喊出這個口號，而只是含混地稱之爲「開放」「借鑒」，但事實上他們是在向西方的資產階級學習著。不過還是「中學爲體，西學爲用」。這「中學」便是以「四個堅持」爲左限，以「抓到老鼠就是好貓」爲右限的「鄧學」。在這樣一個「體」上，學習西方資產階級的先進科學技術及經營管理方法，爲我所「用」。

反映到文學藝術，則是技巧雖不妨借鑒西方，思想卻必須聽命於共產黨。引進一點意識流或現代派表現手法嗎？可以；但是談「人道」，說「異化」呢，不行。「表現自我」「個人奮鬥」也不行。哪怕只是對正統的（亦即馬克思主義的）美學原則表現出「不馴服的姿態」，對現狀表示「朦朧」的不滿，對正統的種種說「我不相信」[12]，都是不行的。否則便是「精神污染」，要加以「清除」。

王蒙是聰明人。他很善於按照統治階層的要求，正確地有分寸地既不過分也不不及地處理好這種「體」與「用」的關係。他的小說儘管汲取了西方「資產階級」小說（包括被正統的中共理論家所詬罵的西方現代派）的技巧，充滿了對十年文革時期的中共社會的種種醜惡現象的諷刺與嘲弄，但從根本上看，正如他自己所說，對於中共的現行領導及其政策而言，它們是「眞正的『歌德』的小說」⓭。王蒙是一個眞正自覺而不肉麻的「歌德」派。

要了解王蒙的思想，可以認眞讀一讀《布禮》。在某種程度上，《布禮》中的鍾亦成就是王蒙自己。王蒙借鍾亦成的口，表達了自己對共產主義理想，對中國共產黨及其事業的近似愚忠式的忠誠，對自己曾經遭受過的不公正待遇⓮的「正確」態度以及對中共現政權的堅定信心。王蒙這樣滿懷激情地描述鍾亦成一九五七年至一九七九年的心路歷程：

> 這二十多年間，不論他看到和經歷到多少令人痛心、令人惶惑的事情，不論有多少偶像失去了頭上的光環，不論有多少確實是十分值得寶貴的東西被嘲弄和踐踏，不論有

⓬ 北島的詩《回答》中說：

告訴你吧，世界，
我—不—相—信！
如果你腳下有一千名挑戰者。
那就把我算作第一千零一名。

載《詩刊》一九七九年三月號。

⓭ 見王蒙〈關於〈春之聲〉的通信〉，《小說選刊》一九八〇年第一期，第七七頁。

⓮ 王蒙一九五七年劃爲右派，下放新疆二十年。

多少天眞而美麗的幻夢像肥皂泡一樣地破滅，也不論他個人怎樣被懷疑、被委屈、被侮辱，但他一想起這次黨員大會，一想起從一九四七年到一九五七年這十年的黨內生活的經驗，他就感到無比的充實和驕傲，感到自己有不可動搖的信念。共產主義是一定要實現的，世界大同是完全可能的，全新的、充滿了光明和正義（當然照舊會有許多矛盾和麻煩）的生活是能夠建立起來和曾經建立起來過的。革命、流血、熱情、曲折、痛苦，一切代價都不會白費。他從十三歲接近地下黨組織，十五歲入黨，十七歲擔任支部書記，十八歲離開學校作黨的工作，他選擇的道路是正確的道路，他爲之而鬥爭的信念是崇高的信念。爲了這信念，爲了他參加的第一次全市黨員大會，他寧願付出一生被委屈、一生坎坷、一生被誤解的代價，即使他戴著各種醜惡的帽子死去，即使他被十七歲的可愛的革命小將用皮帶和鏈條抽死，即使他死在自己的同志以黨的名義射出來的子彈下，他的內心裏仍然充滿了光明，他不懊悔，不傷感，也毫無個人的怨恨，更不會看破紅塵。他將仍然爲了自己哪怕是一度成爲這個偉大的、任重道遠的黨的一員而自豪，而光榮。黨內的陰暗面，各種人的弱點他看得再多，也無法遮掩他對黨、對生活、對人類的信心。哪怕只是回憶一下這次黨員大會，也已經補償了一切。他不是悲劇中的角色，他是強者，他幸福！[15]

王蒙這樣斥責那些對馬列主義、毛澤東思想不再信仰、對共產黨不再信任、對社會主義不再有信心的人們：

是的，我們傻過，很可能我們的愛戴當中包含著痴呆，我們的忠誠裏邊也還有盲目，我們的信任過於天眞，我們的追求不切實際，我們的熱情裏帶有虛妄，我們的崇敬裏埋下了被愚弄的種子。我們的事業比我們所曾經知道的要艱難、麻煩得多。然而，畢竟我們還有愛戴、有忠誠、有信任、有追求、有熱情、有崇敬也有事業，過去有過，今後，去掉了孩子氣，也仍然會留下更堅實更成熟的內核。而當我們的愛，我們的信任和忠誠被蹂躪了的時候，我們還有憤怒，有痛苦，更有永遠也扼殺不了的希望。我們的生活，我們的心靈曾經是光明的而且今後會更加光明。但是你呢？灰色的朋友，你有什麼呢？你做過什麼呢？你能做什麼呢？除了零，你又能算是什麼呢？⑯

在小說的結尾處，王蒙以高昂的情緒，滿懷的信心讓鍾亦成和凌雪「流著熱淚說」：

⑮《王蒙小說報告文學選》第二四七—二四八頁，北京，一九八一年。

⑯同上，第二五六—二五七頁。

多麼好的國家，多麼好的黨！即使謊言和誣陷成山，我們黨的愚公們可以一鐵鍬一鐵鍬地把這山挖光。即使污水和冤屈如海，我們黨的精衛們可以一塊石一塊石地把這海填平。儘管「布禮」這個名詞已經逐漸從我們的書信和口頭消失，儘管人們一般已經不用、已經忘記了這個包含著一個外來語的字頭的詞彙，但是，請允許我們再用一次這個詞吧：向華國鋒同志，向葉劍英同志，向鄧小平同志致以布禮！向中央的同志致以布禮！向全國的共產黨員同志致以布禮！向全世界的眞正的康姆尼斯特——共產黨人致以布禮！

二十多年的時間並沒有白過，二十多年的學費並沒有白交。當我們再次理直氣壯地向黨的戰士致以布爾什維克的戰鬥的敬禮的時候，我們已經不是孩子了，我們已經深沉得多、老練得多了，我們懂得了憂患和艱難，我們更懂得了戰勝這種憂患和艱難的喜悅和價值。而且，我們的國家，我們的人民，我們的偉大的、光榮的、正確的黨也都深沉得多，老練得多，無可估量地成熟和聰明得多了。被革命的路上荊棘嚇倒的是孬種，閉眼不看這荊棘，甚至不准別人看這荊棘的則是自欺欺人或是別有居心。任何力量都不能妨礙我們沿著不滅的事實恢復本來面目、讓守恒的信念大發光輝的道路走向前去。

「團結起來到明天，英特納雄耐爾就一定要實現！」⑰

王蒙特別注意同中共現政權採取一致的步伐，他在一篇論文說：「中國是我們自己的祖國，黨的事業是我們每一個人的事業，所有這一切，光明也罷，黑暗也罷，順利也罷，受挫也罷，好也罷，賴也罷，賠也罷，賺也罷，都有我們的份，我們只能有一個心，希望我們的國家搞得好一些，希望我們的黨搞得好一些，希望我們的作品對我們的國家，我們的人民，我們的黨有利。」他也揭露社會的陰暗面，有時甚至顯得「滿身帶刺」，但那僅限於四人幫統治時期，四人幫垮台以後的社會陰暗面他就很少諷刺了，即使諷刺也是很注意分寸。他說：「我已經懂得了『凡存在的都是合理的』的道理。懂得了講『費厄潑賴』，講恕道，講寬容和耐心，講安定團結。尖酸刻薄後面我有溫情，冷嘲熱諷後面我有諒解，痛心疾首後面我仍然滿懷熱情地期待著。我還懂得了人不能沒有理想，而理想畢竟不可能一下子變成現實，懂得了用小說干預生活畢竟比腳踏實地地去改變生活容易。所以我寫小說的時候，比起來用小說揭露矛盾、推動社會政治問題的解決，我更著眼於給讀者以啓迪，鼓舞和慰安。」⑱而且揭

⑰ 同上，第三〇七－三〇八頁。

⑱ 〈我在尋找什麼〉，《文藝報》一九八〇年第十期，第四四頁。

露、諷刺的目的也是爲了「歌德」，因爲「只有眞實的，面對一切矛盾和困難的歌德才是誠懇的歌德」⑲。

這就是王蒙，一個對共產黨的事業有著高度的責任感，自覺與中共當局保持一致步調的作家。在今天變得不那麼聽話的大陸文壇上，王蒙自然是個值得提倡的樣板。何況他又是一個在一九五七年以小說《組織部來了個年輕人》「干預生活」因而打成右派，也因而名聞全國，在青年中頗有聲望的才華橫溢的作家，一九七七年重返文壇後作品源源不斷，並以大膽汲取西方文學技巧而引人注目，這樣一個「體」正「用」新的作家樣板自然就更值得提倡了。我想，這就是王蒙的藝術革新不僅沒有被視爲精神污染反而受到讚揚，王蒙本人不僅沒有被批判反而頻頻被派遣出國考察，最後還當上中共中央後補委員的奧妙所在。

(五)

但是如果就此得出結論，說王蒙的作品在思想上沒有提供任何超出中共教條以外的新的

⑲ 見〈關於〈春之聲〉的通信〉，《小說選刊》一九八〇年第一期，第七八頁。

東西，則是未免輕率而且有欠公平的。作家同作品畢竟不是一碼事。

我想著重談談《蝴蝶》。我認爲《蝴蝶》是王蒙八篇新作中分量最重、也是成就最高的一篇。

《蝴蝶》寫的是一個關於人性的異化與復歸的故事。而這個故事發生在一個共產黨高級幹部的身上，因而頗不尋常，它對我們認識一九四九年以來的中國社會無疑具有很大的價値。

張思遠本是一個普普通通的人。革命和權力逐漸使他異化了，他變成「共產黨的化身」、「革命的化身」、「無限的威信和權力的化身」[20]，張思遠變成了非張思遠——張副主任、張書記。然後我們看到「黨性」如何排斥「人性」，非張思遠如何與張思遠作對。非張思遠（連同他所代表的那個體系）從張思遠那裏奪去了他的所愛——妻子和兒子，最後把張思遠自己也打入了十八層地獄。我們看到張副主任怎樣用殘酷而荒謬的毛的教條來「分析」懷著喪子之痛的海雲：「海雲還是一個未經事的，沒有得到足夠的改造和鍛煉的小資產階級知識分子。他們的思想往往是空虛的。他們的行動往往是動搖的。」[21]我們看到張書記怎樣用冷冰冰的政治詞彙訓斥劃成右派之後的海雲：「我實在沒想到你會墮落到這一步，你怎麼竟然去爲那

[20] 見《王蒙小說報告文學選》第三一七頁。

[21] 同上，第三二三頁。

些反黨的小說喝采？你是什麼人？我是什麼人？你忘記了嗎？」「只有低頭認罪，重新做人，革面洗心，脫胎換骨！」㉒讀到這樣的地方我們怎麼能不寒心！被「黨性」扭曲了的張思遠甚至已經不能按一個普通人的常識來理解和看待與自己朝夕相處的妻子。在他的眼裏，妻子已不再是一個活生生的、有血有肉、需要愛、原諒和同情的人，而只是一個應當用概念來認識的某種冰冷的目標。更令人震驚的是文革初期張思遠挨兒子冬冬三個巴掌以後出現在他心中的念頭。他沒有一個普通人的感傷、自責和悲哀，他想的是：「階級報復！只有用階級鬥爭的觀點才能說明這一切。」他想的是：「只准左派造反，不准右派翻天！」他想的是：「向看管他的革命群衆把這個問題談一談，提醒他們要密切注意階級鬥爭的新動向，提醒他們對於社會上的眞正對黨對社會主義懷有刻骨仇恨的人絕不能手軟。」㉓一個父親恨不得把自己尚未成年的親生兒子當「階級敵人」置於死地，這眞是何等的天倫慘劇。人性異化成這樣的「黨性」還不觸目驚心麼！還不令人深思麼！

對於妻子和兒子尚且如此，那麼對其他的人自然就更不會講仁愛、誠實、同情、憐憫那一套了。且看一九六六年文化大革命風雨初來時的張思遠：

㉒ 同上，第三三六頁。

㉓ 同上，第三三九—三四〇頁。

但是他沒有想到這個法術會施行到他身上。歷次運動中，他經常給下級、給群衆講：「無產階級在鬥爭中體會到的是勝利的喜悅，鬥爭對於我們是得心應手的事情。只有沒落階級，才對鬥爭充滿滅亡前的恐懼和感傷。」那麼，一九六六年爲什麼他一聽見紅衛兵的鑼鼓聲就心跳呢？

事後他經常回憶，這一天是怎麼到來的。當「五．一六通知」剛剛下達的時候，他仍然像歷次運動一樣，緊張中又有點興奮。他知道這樣的運動既是無情的又是偉大和神聖的。但這次勢頭好像特別猛。大風大浪也不可怕，他只有迎著風浪上。而且他深信這一切是爲了反修防修，是用革命手段來改造社會、改造中國、創造歷史的必要。他知道又要有一批領導幹部倒下去，但是爲了黨的利益他不能溫情，他毫不猶豫地舉起了階級鬥爭之劍。他批准了對於報紙副刊主任的批判，這種批判實際上是政治上的亂棍。接著又把文聯主席作爲黑幫頭子拋了出來。報紙上一個勁兒地提醒人們警惕走資派捨車馬保將帥的詭計，一個文聯主席是太少了，於是他横下心拋出了市委宣傳部長。然後是分管文教工作的副書記。黑幫、牛鬼蛇神越拋越多，越拋越把他自己裸露到了最前線。㉔

冠冕堂皇的政治詞藻掩蓋不了出賣朋友和同僚以保護自己的實質，人性於焉表盡。

平心而論，張思遠並不是一個壞人，至少不比一個普通人壞，他廉潔、正派、勤奮、公而忘私，在共產黨官僚中，可說是佼佼者了。可是我們細細讀他的故事，卻分明看到他在所謂「革命」、所謂「黨性」的指引下，一步步地異化爲一個拋妻、殺子、賣友的惡棍。最後，處在政治連環套中的張思遠本人也被「揪」了出來，打成「三反分子」，投入監獄。第二個妻子美蘭捲席而去，張思遠成了孤家寡人。試問是誰把張思遠弄到如此地步的？難道不是張思遠自己(張副主任、張書記)和他所代表的那個政治體系嗎？多麼有趣而發人深省的「異化」！

張思遠被剝奪一切，作爲一介「白丁」下放到農村，同丘山作伴，與野老爲伍，他才從異化的歧路上慢慢復歸了。於是「黨性」的油彩被山風野水洗去，人性又慢慢回到他的身上。看他對死去的右派妻子海雲的深深追念與哀思，對憤世嫉俗、充滿「三信危機」的兒子冬冬的諒解與寬容，對自己的不敷衍的自責，乃至對醫生秋文(她是一個坐牢的右派妻子)的眷戀，對栓福夫婦的溫情，都證明他的良心重又發現，人性又在他的身上閃光了。

然而一聽到復職的消息，「當明天具有了向昨天靠攏的希望的時候」，異化的鬼影立刻又

㉔ 同上，第三三一頁。

向他獰笑了，他下意識地把「這個」的「個」字拉長了聲音。經過一番莊生夢蝶式的遭遇後，張思遠又變成了張副書記，後來又升爲張副部長。他會重新走上異化之路嗎？看來很有可能。但作者顯然不希望他走上這條路，於是安排了他回到原先下放的村子裏來「找魂」這樣一個情節，整個小說即寫他找魂歸來之後的反思。他要找的「魂」是什麼？「他到那裏去尋找秋文，尋找冬冬，尋找那還沒有失去的老張頭，尋找一個被農民所信賴所關照的不幸的幸運的人」㉕。可見，他要找的「魂」正是一個普遍人的魂，也就是「人性」。他害怕在重作高官之後，又會像從前那樣再次喪失人性。這裏顯然表達了作者的一個希望，就是希望共產黨的幹部們，在經過「史無前例」的文化大革命的九死一生的風浪之後，能夠總結經驗，吸取教訓，再不要向從前那樣異化下去，變成只有黨性沒有人性的人。

表現這樣的題材，我以爲是一個獨創性的貢獻，不僅在從前的共產黨文學中沒有過，就是在這幾年較爲解放的當代中國文學裏，迄今也沒有看到新的同樣題材的更好的小說出現。

即此一點，王蒙在中國當代文學的現代化運動中的地位也是不容忽視的。

㉕ 同上，第三一五頁。

㈥

種種跡象表明，中國文學有一種「多元化」的發展趨勢，這個多元化表現於思想題材與藝術技巧兩個方面。而其要達到的則是現代文明的意識和現代文明的思維高度。一批優秀作家正在產生。王蒙是在這個運動中作出了顯著貢獻的代表人物。我希望王蒙及其同伴們在這條道路上勇敢堅定地走下去，不要因難而退，不要隨風變色，則不久的將來，中國文壇上必有更多「衝破一切傳統思想和手法的闖將」（魯迅語）繼起，到那時，中國文學就會以嶄新的面貌贏得世界的喝采了。

附記：這是作者一九八四年所作的一篇舊文，一九八六年十二月發表於紐約《九州學刊》。文中論及現代主義思潮，與理論批評有關，故亦附錄於此，以便讀者參照。

滄海叢刊書目㈠

國學類

中國學術思想史論叢㈠～㈧	錢　穆 著
現代中國學術論衡	錢　穆 著
兩漢經學今古文平義	錢　穆 著
宋代理學三書隨劄	錢　穆 著
論語體認	姚式川 著
西漢經學源流	王葆玹 著
文字聲韻論叢	陳新雄 著
楚辭綜論	徐志嘯 著

哲學類

國父道德言論類輯	陳立夫 著
文化哲學講錄㈠～㈥	鄔昆如 著
哲學與思想	王曉波 著
內心悅樂之源泉	吳經熊 著
知識、理性與生命	孫寶琛 著
語言哲學	劉福增 著
哲學演講錄	吳　怡 著
後設倫理學之基本問題	黃慧英 著
日本近代哲學思想史	江日新 譯
比較哲學與文化㈠㈡	吳　森 著
從西方哲學到禪佛教——哲學與宗教一集	傅偉勳 著
批判的繼承與創造的發展——哲學與宗教二集	傅偉勳 著
「文化中國」與中國文化——哲學與宗教三集	傅偉勳 著
從創造的詮釋學到大乘佛學——哲學與宗教四集	傅偉勳 著
中國哲學與懷德海	東海大學哲學研究所主編
人生十論	錢　穆 著
湖上閒思錄	錢　穆 著
晚學盲言(上)(下)	錢　穆 著
愛的哲學	蘇昌美 著
是與非	張身華 譯

邁向未來的哲學思考	項退結 著
逍遙的莊子	吳 怡 著
莊子新注（內篇）	陳冠學 著
莊子的生命哲學	葉海煙 著
墨子的哲學方法	鍾友聯 著
韓非子析論	謝雲飛 著
韓非子的哲學	王邦雄 著
法家哲學	姚蒸民 著
中國法家哲學	王讚源 著
二程學管見	張永儁 著
王陽明——中國十六世紀的唯心主義哲學家	張君勱著、江日新譯
王船山人性史哲學之研究	林安梧 著
西洋百位哲學家	鄔昆如 著
西洋哲學十二講	鄔昆如 著
希臘哲學趣談	鄔昆如 著
中世哲學趣談	鄔昆如 著
近代哲學趣談	鄔昆如 著
現代哲學趣談	鄔昆如 著
現代哲學述評㈠	傅佩榮編譯
中國十九世紀思想史(上)(下)	韋政通 著
存有・意識與實踐—— 熊十力體用哲學之詮釋與重建	林安梧 著
先秦諸子論叢	唐端正 著
先秦諸子論叢(續編)	唐端正 著
周易與儒道墨	張立文 著
孔學漫談	余家菊 著
中國近代新學的展開	張立文 著
哲學與思想——胡秋原選集第二卷	胡秋原 著
從哲學的觀點看	關子尹 著
中國死亡智慧	鄭曉江 著
道德之關懷	黃慧英 著

宗教類

天人之際	李杏邨 著
佛學研究	周中一 著

佛學思想新論　楊惠南　著
現代佛學原理　鄭金德　著
絕對與圓融——佛教思想論集　霍韜晦　著
佛學研究指南　關世謙　譯
當代學人談佛教　楊惠南編著
從傳統到現代——佛教倫理與現代社會　傅偉勳主編
簡明佛學概論　于凌波　著
修多羅頌歌　陳慧劍譯著
禪話　周中一　著
佛家哲理通析　陳沛然　著
唯識三論今詮　于凌波　著

自然科學類

異時空裡的知識追逐
——科學史與科學哲學論文集　傅大為　著

應用科學類

壽而康講座　胡佩鏘　著

社會科學類

中國古代游藝史
——樂舞百戲與社會生活之研究　李建民　著
憲法論叢　鄭彥棻　著
憲法論集　林紀東　著
國家論　薩孟武　譯
中國歷代政治得失　錢　穆　著
先秦政治思想史　梁啓超原著、賈馥茗標點
當代中國與民主　周陽山　著
釣魚政治學　鄭赤琰　著
政治與文化　吳俊才　著
世界局勢與中國文化　錢　穆　著
海峽兩岸社會之比較　蔡文輝　著
印度文化十八篇　糜文開　著
美國的公民教育　陳光輝　譯
美國社會與美國華僑　蔡文輝　著
文化與教育　錢　穆　著

開放社會的教育	葉學志 著
大眾傳播的挑戰	石永貴 著
傳播研究補白	彭家發 著
「時代」的經驗	汪琪、彭家發 著
書法心理學	高尚仁 著
清代科舉	劉兆璸 著
排外與中國政治	廖光生 著
中國文化路向問題的新檢討	勞思光 著
立足臺灣，關懷大陸	韋政通 著
開放的多元化社會	楊國樞 著
臺灣人口與社會發展	李文朗 著
財經文存	王作榮 著
財經時論	楊道淮 著
宗教與社會	宋光宇 著

史地類

古史地理論叢	錢穆 著
歷史與文化論叢	錢穆 著
中國史學發微	錢穆 著
中國歷史研究法	錢穆 著
中國歷史精神	錢穆 著
憂患與史學	杜維運 著
與西方史家論中國史學	杜維運 著
清代史學與史家	杜維運 著
中西古代史學比較	杜維運 著
歷史與人物	吳相湘 著
共產國際與中國革命	郭恒鈺 著
抗日戰史論集	劉鳳翰 著
盧溝橋事變	李雲漢 著
歷史講演集	張玉法 著
老臺灣	陳冠學 著
臺灣史與臺灣人	王曉波 著
變調的馬賽曲	蔡百銓 譯
黃　帝	錢穆 著
孔子傳	錢穆 著
宋儒風範	董金裕 著

增訂弘一大師年譜	林子青 著
精忠岳飛傳	李安 著
張公難先之生平	李飛鵬 著
唐玄奘三藏傳史彙編	釋光中 編
一顆永不殞落的巨星	釋光中 著
新亞遺鐸	錢穆 著
困勉強狷八十年	陶百川 著
困強回憶又十年	陶百川 著
我的創造・倡建與服務	陳立夫 著
我生之旅	方治 著

語文類

文學與音律	謝雲飛 著
中國文字學	潘重規 著
中國聲韻學	潘重規、陳紹棠 著
詩經研讀指導	裴普賢 著
莊子及其文學	黃錦鋐 著
離騷九歌九章淺釋	繆天華 著
陶淵明評論	李辰冬 著
鍾嶸詩歌美學	羅立乾 著
杜甫作品繫年	李辰冬 著
唐宋詩詞選——詩選之部	巴壺天 編
唐宋詩詞選——詞選之部	巴壺天 編
清眞詞研究	王支洪 著
苕華詞與人間詞話述評	王宗樂 著
元曲六大家	應裕康、王忠林 著
四說論叢	羅盤 著
紅樓夢的文學價值	羅德湛 著
紅樓夢與中華文化	周汝昌 著
紅樓夢研究	王關仕 著
中國文學論叢	錢穆 著
牛李黨爭與唐代文學	傅錫壬 著
迦陵談詩二集	葉嘉瑩 著
西洋兒童文學史	葉詠琍 著
一九八四	George Orwell原著、劉紹銘 譯
文學原理	趙滋蕃 著

文學新論	李辰冬 著
分析文學	陳啓佑 著
解讀現代・後現代——文化空間與生活空間的思索	葉維廉 著
學林尋幽——見南山居論學集	黃慶萱 著
中西文學關係研究	王潤華 著
魯迅小說新論	王潤華 著
比較文學的墾拓在臺灣	古添洪、陳慧樺主編
從比較神話到文學	古添洪、陳慧樺主編
神話即文學	陳炳良等譯
現代文學評論	亞菁 著
現代散文新風貌	楊昌年 著
現代散文欣賞	鄭明娳 著
實用文纂	姜超嶽 著
增訂江皋集	吳俊升 著
孟武自選文集	薩孟武 著
藍天白雲集	梁容若 著
野草詞	韋瀚章 著
野草詞總集	韋瀚章 著
李韶歌詞集	李韶 著
石頭的研究	戴天 著
留不住的航渡	葉維廉 著
三十年詩	葉維廉 著
寫作是藝術	張秀亞 著
讀書與生活	琦君 著
文開隨筆	糜文開 著
印度文學歷代名著選(上)(下)	糜文開編譯
城市筆記	也斯 著
歐羅巴的蘆笛	葉維廉 著
移向成熟的年齡——1987～1992詩	葉維廉 著
一個中國的海	葉維廉 著
尋索：藝術與人生	葉維廉 著
山外有山	李英豪 著
知識之劍	陳鼎環 著
還鄉夢的幻滅	賴景瑚 著
葫蘆・再見	鄭明娳 著

大地之歌	大地詩社　編
往日旋律	幼　柏　著
鼓瑟集	幼　柏　著
耕心散文集	耕　心　著
女兵自傳	謝冰瑩　著
詩與禪	孫昌武　著
禪境與詩情	李杏邨　著
文學與史地	任遵時　著
抗戰日記	謝冰瑩　著
給青年朋友的信(上)(下)	謝冰瑩　著
冰瑩書柬	謝冰瑩　著
我在日本	謝冰瑩　著
大漢心聲	張起鈞　著
人生小語㈠～㈥	何秀煌　著
記憶裏有一個小窗	何秀煌　著
回首叫雲飛起	羊令野　著
康莊有待	向　陽　著
湍流偶拾	繆天華　著
文學之旅	蕭傳文　著
文學邊緣	周玉山　著
文學徘徊	周玉山　著
種子落地	葉海煙　著
向未來交卷	葉海煙　著
不拿耳朵當眼睛	王讚源　著
古厝懷思	張文貫　著
材與不材之間	王邦雄　著
忘機隨筆——卷一・卷二	王覺源　著
詩情畫意——明代題畫詩的詩畫對應內涵	鄭文惠　著
文學與政治之間——魯迅・新月・文學史	王宏志　著
洛夫與中國現代詩	費　勇　著
老舍小說新論	王潤華　著

美術類

音樂人生	黃友棣　著
樂圃長春	黃友棣　著
樂苑春回	黃友棣　著

樂風泱泱	黃友棣 著
樂境花開	黃友棣 著
音樂伴我遊	趙琴 著
談音論樂	林聲翕 著
戲劇編寫法	方寸 著
戲劇藝術之發展及其原理	趙如琳譯著
與當代藝術家的對話	葉維廉 著
藝術的興味	吳道文 著
根源之美	莊申 著
樂浦珠還	黃友棣 著
扇子與中國文化	莊申 著
從白紙到白銀	莊申 著
水彩技巧與創作	劉其偉 著
繪畫隨筆	陳景容 著
素描的技法	陳景容 著
建築鋼屋架結構設計	王萬雄 著
建築基本畫	陳榮美、楊麗黛 著
中國的建築藝術	張紹載 著
室內環境設計	李琬琬 著
雕塑技法	何恆雄 著
生命的倒影	侯淑姿 著
文物之美——與專業攝影技術	林傑人 著

滄海美術叢書

儺(ㄋㄨㄛˊ)史——中國儺文化概論	林河 著
挫萬物於筆端——藝術史與藝術批評文集	郭繼生 著
貓。蝶。圖——黃智溶談藝錄	黃智溶 著
中國美術年表	曾堉 著
美的抗爭——高爾泰文選之一	高爾泰 著
萬曆帝后的衣櫥——明定陵絲織集錦	王岩編撰